감자·배따라기

감자 · 배따라기

발행일 2001년 8월 8일 1판 1쇄 발행/2002년 9월 30일 1판 3쇄 발행
2004년 10월 10일 2판 1쇄 발행

지은이 김동인
엮은이 고봉준

펴낸이 임은주
펴낸곳 청개구리
출판등록 2003년 10월 1일 제22-2403호
주소 (137-070) 서울 서초구 서초동 1359-4 동영빌딩 내
전화 (02)584-9886~7 / **팩스** (02)584-9882
전자우편 treefrog2003@hanmail.net

주간 조태림
편집 하은애 / **북디자인** 우성남 / **영업관리** 김형렬

필름 출력 (주)딕스 / **표지 인쇄** 금성문화사
본문 인쇄 이산문화사 / **제책** 광우제책

값 6,500원

ISBN 89-954496-4-0
ISBN 89-954496-1-6(세트)

김동인 대표 소설선
●
고봉준 엮음

감자 · 배따라기

청개구리

금동(琴童) 김동인(1900~1951)

차 례

십대들을 위한 감상의 길잡이

배따라기

불덩이 같은 커다란 시뻘건 해가 남실남실 넘치는 바다에 도로 빠질 듯, 도로 솟아오를 듯 춤을 추며, 때때로 보이지 않는 배에서 〈배따라기〉만 슬프게 날아오는 것을 들을 때엔 눈물 많은 나는 때때로 눈물을 흘렸다. 이로 보아서 어떤 원의 아내가 자기의 모든 영화를 낡은 신같이 내던지고, 뱃사람과 정처 없는 물길을 떠났다 함도 믿지 못할 말이랄 수가 없다.

배따라기*

좋은 일기이다.

좋은 일기라도 하늘에 구름 한 점 없는—우리 '사람'으로서는 감히 접근도 못할 위엄을 가지고, 높이서 우리 조그만 '사람'을 비웃는 듯이 내려다보는, 그런 교만한 하늘은 아니고, 가장 우리 '사람'의 이해자인 듯이 낮게 뭉글뭉글 엉키는 분홍빛 구름으로서, 우리와 서로 손목을 잡자는 그런 하늘이다. 사랑의 하늘이다.

나는 잠시도 멎지 않고 푸른 물을 황해로 부어 내리는 대동강을 향한 모란봉 기슭 새파랗게 돋아나는 풀 위에 뒹굴고 있었다.

이날은 삼월 삼질, 대동강에 첫 뱃놀이를 하는 날이다. 까맣게 내려다보이는 물 위에는 결결이 반짝이는 물결을 푸른 놀잇배들이 타고 넘으며, 거기서는 봄 향기에 취한 형형 색색의 선율이, 우단*보다도 보드라운 봄 공기를 흔들면서 날아온다. 그리고 거기서 기생들의 노래와 함께 날아오는 조선 아악*은 느리게, 길게, 유창하게, 부드럽게, 그리고 또 애처롭게—모든 봄의 정다움과 끝까지 조화하지 않고는 안 두겠다는 듯이 대동강에 흐르는 시커먼 봄물, 청류벽에 돋아나는 푸르른 풀 어음,* 심지

어 사람의 가슴속에 봄에 뛰노는 불붙는 핏줄기까지라도, 습기 많은 봄 공기를 다리 놓고 떨리지 않고는 두지 않는다.

봄이다. 봄이 왔다.

부드럽게 부는 조그만 바람이 시꺼먼 조선 솔을 꿰며, 또는 돋아나는 풀을 스치고 지나갈 때의 그 음악은 다른 데서는 듣지 못할 아름다운 음악이다.

아아. 사람을 취케 하는 푸른 봄의 아름다움이여! 열다섯 살부터의 동경(東京) 생활에 마음껏 이런 봄을 보지 못했던 나는, 늘 이것을 보는 사람보다 곱 이상의 감명을 여기서 받지 않을 수 없다.

평양성 내에는 겨우 툭툭 터진 땅을 헤치며 파룻파룻 돋아나는 나무새기와 돋아나려는 버들의 어음으로 봄이 온 줄 알 뿐, 아직 완전히 봄이 안 이르렀지만, 이 모란봉 일대와 대동강을 넘어 보이는 가나안 옥토를 연상시키는 장림*에는 마음껏 봄의 정다움이 이르렀다.

그리고 또 꽤 자란 밀, 보리들로 새파랗게 장식한 장림의 그 푸른빛, 만족한 웃음을 띠고 그 벌에 서서 내다보는 농부의 모양은 보지 않아도 생각할 수가 있다.

구름은 작고, 하늘을 날아다니는 모양이다. 그 밀 위에 비쳤던 구름의 그림자는, 그 구름과 함께 저편으로 몰려가며, 거기는

세계를 아까 만들어 놓은 것 같은 새로운 녹빛이 퍼져 나간다. 바람이나 조금 부는 때는 그 잘—자란 밀들은 물결과 같이 누웠다 일어났다 일록일청(一綠一靑)으로 춤을 춘다. 그리고 봄의 한가함을 찬송하는 솔개들은 높은 하늘에서 동그라미를 그리면서 더욱더 아름다운 봄에 향수를 붓는다.

"다스한 봄정에 솟아나리다. 다스한 봄정에 솟아나리다."

나는 두어 번 소리나게 읊은 뒤에 담배를 붙여 물었다. 담뱃내는 무럭무럭 하늘로 올라간다.

하늘에도 봄이 왔다.

하늘은 낮았다. 모란봉 꼭대기에 올라가면, 넉넉히 만질 수가 있으리만큼 낮다. 그리고 그 낮은 하늘보다는 오히려 더 높이 있는 듯한 분홍빛 구름은 뭉글뭉글 엉기면서 이리저리 날아다닌다.

나는 이러한 아름다운 봄 경치에, 이렇게 마음껏 봄의 속삭임을 들을 때는 언제든 유토피아를 아니 생각할 수 없다. 우리가 시시각각으로 애를 쓰며 수고하는 것은—그 목적이 무엇인가? 역시 유토피아 건설에 있지 않을까? 유토피아를 생각할 때는 언제든 그 '위대한 인격의 소유자'며 '사람의 위대함을 끝까지 즐긴' 진나라 시황(秦始皇)을 생각지 않을 수 없다.

우리가 어찌하면 죽지를 아니할까 하여 소년 삼백을 배에 태

위 불사약을 구하러 떠나 보내며, 예술의 사치를 다하여 아방궁을 지으며, 매일 신하 몇 천 명과 잔치로써 즐기며, 이리하여 여기 한 유토피아를 세우려던 시황은 몇만의 역사가가 어떻다고 욕을 하든, 그는 정말로 인생의 향락자이며, 역사 이후의 제일 큰 위인이라고 할 수가 있다. 그만한 순전한 용기 있는 사람이 있고야 우리 인류의 역사는 끝이 날지라도 한 사람을 가졌었다고 할 수 있다.

"큰 사람이었었다."

하면서 나는 머리를 들었다.

이때다. 기자묘 근처에서 무슨 슬픈 음률이 봄 공기를 진동시키며 날아오는 것이 들렸다. 나는 무심코 귀를 기울였다.

〈영유 배따라기〉다. 그것도 웬만한 광대나 기생은 발꿈치에도 미치지 못하리만큼, 그만큼 그 배따라기의 주인은 잘 부르는 사람이었다.

비나이다, 비나이다.
산천후토 일월성신 하나님전 비나이다.
실낱 같은 우리 목숨 살려 달라 비나이다.
에에야, 어그여지야.

여기까지 이르렀을 때에 저편 아래 물에서 장고(長敲) 소리와 함께 기생의 노래가 울려 오며 배따라기는 그만 안 들리게 되었다. 나는 이 년 전 한여름을 영유서 지내 본 일이 있다. 배따라기의 본고장인 영유를 몇 달 있어 본 사람은 그 배따라기에 대하여 언제든 한 속절없는 애처로움을 깨달을 터이다.

영유, 이름은 모르지만, X산에 올라가서 내려다보면 앞은 망망한 황해이니, 그곳 저녁때의 경치를 한 번 본 사람은 영구히 잊을 수가 없으리라. 불덩이 같은 커다란 시뻘건 해가 남실남실 넘치는 바다에 도로 빠질 듯, 도로 솟아오를 듯 춤을 추며, 때때로 보이지 않는 배에서 〈배따라기〉만 슬프게 날아오는 것을 들을 때엔 눈물 많은 나는 때때로 눈물을 흘렸다. 이로 보아서 어떤 원의 아내가 자기의 모든 영화를 낡은 신같이 내던지고, 뱃사람과 정처 없는 물길을 떠났다 함도 믿지 못할 말이랄 수가 없다.

영유서 돌아온 뒤에도 그 〈배따라기〉는 내 마음에 깊이 새겨져 잊을 수가 없었고, 언제 한 번 다시 영유를 가서 그 노래를 한 번 더 들어 보고 그 경치를 다시 한 번 보고 싶은 생각이 늘 떠나지를 않았다.

장고 소리와 기생의 노래는 멎고, 배따라기만 구슬프게 날아

온다. 결결이 부는 바람으로 말미암아 때때로는 들을 수가 없으되, 나의 기억과 곡조를 부합하여 들은 배따라기는 이 대목이다.

> 강변에 나왔다가
> 나를 보더니만,
> 혼비백산하여
> 꿈인지 생시인지,
> 와르륵 달려들어
> 섬섬옥수*로 붙여잡고,
> 호천망극* 하는 말이
> "하늘로서 떨어지며
> 땅으로서 솟아났나.
> 바람결에 묻어 오고
> 구름길에 싸여 왔나."
> 이리저리 붙들고 울음 울 제,
> 인리 제인이며
> 일가 친척이 모두 모여…….

여기까지 들은 나는 마침내 참지 못하고 벌떡 일어서서 소나

무 가지에 걸었던 모자를 내려 쓰고, 그곳을 찾으려 모란봉 꼭대기에 올라섰다. 꼭대기는 좀더 노랫소리가 잘 들린다. 그는 배따라기의 맨 마지막, 여기를 부른다.

밥을 빌어서
죽을 쑬지라도
제발 덕분에
뱃놈 노릇은 하지 마라.
에—야 어그여지야—.

그의 소리로써 방향을 찾으려던 나는, 그만 그 자리에 섰다.
'어딘가? 기자묘, 혹은 을밀대?'
그러나 나는 오래 서 있을 수가 없었다. 어떻든 찾아보자 하고 현무문으로 가서 문 밖에 썩 나섰다. 기자묘의 깊은 솔밭은 눈 앞에 쫙 퍼진다.
'어딘가?'
나는 또 물어 보았다.
이때에 그는 또다시 배따라기를 시초부터 부른다. 그 소리는 왼편에서 온다.
왼편이구나 하면서, 소리 나는 곳을 더듬어서 소나무 틈으로

한참 돌다가, 겨우 기자묘 치고는 그중 하늘이 넓고 밝은 곳에, 혼자서 뒹굴고 있는 그를 찾아냈다. 내가 생각한 것과 같은 얼굴이다. 얼굴, 코, 입, 눈, 몸집이 모두 네모나고—그의 이마의 굵은 주름살과 시꺼먼 눈썹은 고생 많이 함과 순진한 성격을 나타낸다.

그는 어떤 신사가 자기를 들여다보는 것을 보고, 노래를 그치고 일어나 앉는다.

"왜? 그냥 하지요."

하면서, 나는 그의 곁에 가 앉았다.

"뭐……."

할 뿐, 그는 눈을 들어서 터진 하늘을 쳐다본다.

좋은 눈이었다. 바다의 넓고 큼이, 유감 없이 그의 눈에 나타나 있다. 그는 뱃사람이리라 나는 짐작하였다.

"고향이 영유요?"

"예, 뭐 영유서 나기는 했지만, 한 이십 년 영유는 가 보지도 않아시오."

"왜, 이십 년씩 고향엘 안 가요?"

"사람의 일이라니, 마음대로 됩데까?"

그는 왜 그러는지 한숨을 짓는다.

"거저, 운명이 제일 힘셉디다."

운명의 힘이 제일 세다는 그의 소리에는, 삭이지 못할 원한과 뉘우침이 섞여 있다.

"그래요?"

나는 다만 그를 건너다볼 뿐이다.

한참 잠잠하니 있다가 나는 다시 말하였다.

"자, 노형의 경험담이나 한번 들어 봅시다. 감출 일이 아니면 한번 이야기해 보소."

"뭐 감출 일은……."

"그럼 어디 한번 들어 봅시다그려."

그는 다시 하늘을 쳐다보았다. 그러나 좀 있다가,

"하지요."

하면서 내가 담배를 붙이는 것을 보고, 자기도 담배를 붙여 물고 이야기를 꺼낸다.

"십구 년 전 팔월 열하룻날 일인데요……."

하면서, 그가 이야기한 바는 대략 이와 같은 것이다.

그가 살던 마을은 영유 고을서 한 이십 리 떠나 있는, 바다를 향한 조그만 어촌이다. 그가 살던 그 조그만 마을(서른 집쯤 되는)에서는, 그는 꽤 유명한 사람이었다.

그의 부모는 모두 열댓 났을 때 돌아갔고, 남은 사람이라고는

곁집에 딴살림하는 그의 아우 부처*와 자기 부처뿐이었다. 그들 형제가 그 마을에서 제일 부자이고, 또 제일 고기잡이를 잘하였고, 그중 글이 있었고, 배따라기도 그 마을에선 빼어나게 그 형제가 잘 불렀다. 말하자면 그 형제가 그 동네의 대표적 사람이었다.

팔월 보름은 추석 명절이다. 팔월 열하룻날, 그는 명절에 쓸 장도 볼 겸, 그의 아내가 늘 부러워하는 거울도 하나 사올 겸 장으로 향하였다.

"당손네 집에 있는 것보다 큰 거이요, 잊지 말구요."

그의 아내는 길까지 따라나오면서 잊지 않도록 부탁하였다.

"안 잊어."

하면서 그는 떠오르는 새빨간 햇빛을 앞으로 받으면서 자기 마을을 나섰다.

그는 아내를 (이렇게 말하기는 우습지만) 고와했다. 그의 아내는 촌에는 드물게 연연하고도 예쁘게 생겼다. (그는 나에게 이렇게 말하였다—.)

"성내(평양) 덴줏골(사창가)을 가도 그만한 거 쉽지 않을 거요."

그러니까 촌에서는, 그리고 그 당시에는 남에게 우습게 보일 정도로 그 내외의 사이는 좋았다. 늙은이들은 계집에게 혹하지

말라고 흔히 그에게 권고하였다.

부처의 사이는 좋았지만—아니, 오히려 좋으므로 그는 아내에게 시기를 많이 하였다. 그리고 그의 아내는 시기를 받을 일을 많이 하였다. 품행이 나쁘다는 것이 아니라, 그의 아내는 대단히 쾌활한 성질로서 아무에게나 말 잘하고 애교를 잘 부렸다.

그 동네에서는 무슨 명절이나 되면, 집이 그중 정결함을 핑계 삼아 젊은이들은 모두 그의 집에 모이곤 하였다. 그 젊은이들은 모두 그의 아내에게 '아주마니'라 부르고, 그의 아내는 '아주바니, 아주바니' 하며 그들과 지껄이고 즐기며, 그 웃기 잘하는 입에는 늘 웃음을 흘리고 있었다. 그럴 때마다 그는 한편 구석에서 눈만 힐끔거리며 있다가, 젊은이들이 돌아간 뒤에는 불문 곡직*하고 아내에게 덤벼들어 발길로 차고 때리며 이전에 사다 주었던 것을 모두 걷어올린다. 싸움을 할 때에는 언제든 곁집에 있는 아우 부처가 말리러 오며, 그렇게 되면 언제든 그는 아우 부처까지 때려 주었다.

그가 아우에게 그렇게 구는 데는 이유가 있었다. —그의 아우는 촌사람에게는 다시 없도록 늠름한 위엄이 있었고, 맨날 바닷바람을 쏘였지만 얼굴이 희었다. 이것뿐으로도 시기가 된다 하면 되지만, 특별히 아내가 그의 아우에게 친절히 하는 데 이르러서는, 그는 억울하도록 시기를 하였다.

　그가 영유를 떠나기 반 년 전쯤—다시 말하자면 그가 거울을 사러 장에 갈 때부터 반 년 전쯤, 그의 생일날이었다. 그의 집에서는 음식을 차려서 잘 먹었는데, 그에게는 괴상한 버릇이 있었으니, 맛있는 음식은 남겨 두었다가 좀 있다 먹곤 하는 것이 습관이었다. 그의 아내도 이 버릇은 잘 알 터인데, 그의 아우가 점심때쯤 오니까, 아까 그가 아껴서 남겨 두었던 그 음식을 아우에게 주려 하였다. 그는 눈을 부릅뜨고 '못 주리라'고 암호를 하였지만 아내는 그것을 보았는지 못 보았는지, 그의 아우에게 주어 버렸다. 그는 마음속이 자못 편치 못하였다. '트집만 있으면 이년을……' 그는 마음먹었다.

　그의 아내는 시아우에게 상을 준 뒤에 물러 오다가 그만 그의 발을 조금 밟았다.

　"이년!"

　그는 힘껏 발을 들어서 아내를 냅다 찼다. 그의 아내는 상 위에 꺼꾸러졌다가 일어난다.

　"이년, 사나이 발을 짓밟는 년이 어디 있어!"

　"거 좀 밟아서 발이 부러뎃쉐까?"

　아내는 낯이 새빨개져서 울음 섞인 소리로 고함친다.

　"이년! 말대답이……."

　그는 일어서서 아내의 머리채를 휘어잡았다.

"형님! 왜 이러십니까?"

아우가 일어서면서 그를 붙잡았다.

"가만 있거라. 이놈의 자식!"

하며, 그는 아우를 밀친 뒤에 아내를 되는 대로 내리쳤었다.

"죽일 년, 이년! 나가거라!"

"죽여라, 죽여라! 난, 죽어도 이 집에선 못 나가!"

"못 나가?"

"못 나가지 않구, 뉘 집이게……."

이때다. 그의 마음에는 그 못 나가겠다는 아내의 말이 푹 들이박혔다. 그 이상 때리기가 싫었다. 우두커니 눈만 흘기고 있다가 그는,

"망할 년, 그럼 내가 나갈라."

하고 그만 문 밖으로 뛰어나와서,

"형님, 어디 갑니까?"

하는 아우의 말에는 대답도 안 하고, 곁동네 탁줏집으로 뒤도 안 돌아보고 가서, 거기 있는 술 파는 계집과 술상 앞에 마주앉았다.

그날 저녁, 얼근히 취한 그는 아내를 위하여 떡을 한 돈어치 사 가지고 집으로 돌아왔다. 이리하여 또 서너 달은 평화가 이르렀다. 그러나 이 평화가 언제까지든 계속될 수가 없었다. 그

의 아우로 말미암아 또 평화는 쪼개져 나갔다.

오월 초승부터 영유 고을 출입이 잦던 그의 아우는 오월 그믐께부터는 고을서 며칠씩 묵어 오는 일이 많았다. 그와 함께 고을에 첩을 얻어 두었다는 소문이 퍼졌다. 이 소문이 있은 뒤부터 아내는 그의 아우가 고을에 들어가는 것을 벌레보다도 더 싫어하고, 며칠 묵어서 오는 때면 곧 아우의 집으로 가서 그와 담판을 하며, 심지어 동서되는 아우의 처에게까지 못 가게 하지 않는다고 싸우는 일이 있었다. 칠월 초승께 그의 아우는 고을에 들어가서 열흘쯤 묵어 온 일이 있었다. 이때도 전과 같이 그의 아내는 그의 아우와 제수와 싸우다 못하여 마침내 그에게까지 와서 아우가 그런 못된 데를 다니는 것을 그냥 둔다고 해보자 한다. 그 꼴을 곱게 보지 않았던 그는 첫마디로 고함을 쳤다.

"네가 무슨 상관이가? 듣기 싫다."

"못난둥이, 아우가 그런 델 댕기는 걸 말리지도 못하고!"

분김*에 이렇게 그의 아내는 고함쳤다.

"이년, 무얼?"

그는 벌떡 일어섰다.

"못난둥이!"

그 말이 채 끝나기 전에 그의 아내는 악 소리와 함께 그 자리에 꺼꾸러졌다.

"이년! 사나이에게 그따윗 말버릇 어디서 배완!"

"에미네 때리는 건 어디서 배왔노! 못난둥이!"

그의 아내는 울음소리로 부르짖었다.

"샹년, 그냥? 나갈! 우리 집에 있지 말구 나갈!"

그는 내리찧으면서 부르짖었다. 그리고 아내를 문을 열고 밀쳤다.

"나가지 않으리!"

하고 그의 아내는 울면서 뛰어나갔다.

"망할 년!"

토하는 듯이 중얼거리고 그는 그 자리에 주저앉았다.

그의 아내는 해가 져서 어두워져도 돌아오지 않았다. 일단 내어쫓기는 했지만 그는 아내가 돌아오길 기다리고 있었다. 어두워져서도 그는 불도 안 켜고, 성이 나서 우들우들 떨면서 아내가 돌아오기를 기다렸다. 그러나 그의 아내의 참 기쁜 듯이 웃는 소리가 그의 아우의 집에서 밤새도록 울렸다. 그는 움쩍도 않고 그 자리에 앉아서 밤을 새운 뒤에, 새벽 동 터올 때 아내와 아우를 죽이려고 부엌에 가서 식칼을 가지고 들어와 문을 벌컥 열었다.

그의 아내가 만약 근심스러운 얼굴을 하고 그 문 밖에 우두커니 서서 문을 들여다보고 있지 않았다면, 그는 아내와 아우를

죽이고야 말았으리라.

그는 아내를 보는 순간, 마음에 가득 차는 사랑을 깨달으면서 칼을 내던지고 뛰어나가서 아내의 머리채를 휘어잡고, 이년 하면서 들어와서 뺨을 물어 뜯으면서 함께 이리저리 자빠져서 뒹굴었다.

그런 이야기를 다 하려면 끝이 없으되, 다만 '그', '그의 아내', '그의 아우' 세 사람의 삼각 관계는 대략 이와 같았다.

각설*—.

거울은 마침 장에 마음에 맞는 것이 있었다. 지금 것과 대보면 어떤 때는 코도 크게 보이고 입이 작게도 보이는 것이지만, 그 당시에는, 그리고 그런 촌에서는 둘도 없는 귀물*이었다. 거울을 사 가지고 장을 본 뒤에 그는 이 거울을 아내에게 주면 그 기뻐할 모양을 생각하면서 새빨간 저녁 햇빛을 받은, 넘치는 듯한 바다를 안고 자기 집으로, 늘 들러 오던 탁줏집에도 안 들러서 돌아왔다.

그러나 그가 그의 집 안방에 들어설 때에는 뜻도 안 하였던 광경이 그의 눈앞에 벌려 있었다.

방 가운데는 떡상이 있고, 그의 아우는 수건이 벗어져서 목 뒤로 늘어지고, 저고리 고름이 모두 풀어져 가지고 한편 모퉁이에 서 있고, 아내도 머리채가 모두 뒤로 늘어지고, 치마가 배꼽 아

래 늘어지도록 되어 있으며, 그의 아내와 아우는 그를 보고 어찌할 줄을 모르는 듯이 움쩍도 않고 서 있었다.

세 사람은 한참 동안 어이가 없어서 서 있었다. 그러나 좀 있다가 마침내 그의 아우가 겨우 말했다.

"그놈의 쥐, 어디 갔나?"

"흥! 쥐? 훌륭한 쥐 잡았구나!"

그는 말을 끝내지도 않고, 짐을 벗어 던지고, 뛰어가서 아우의 멱살을 끌어 잡았다.

"형님! 정말 쥐가—."

"쥐? 이놈! 형수와 그런 쥐 잡는 놈이 어디 있니?"

그는 아우의 따귀를 몇 번 때린 뒤에 등을 밀어서 문 밖에 내던졌다. 그런 뒤에 이제 자기에게 이를 매를 생각하고 우들우들 떨면서 아랫목에 서 있는 아내에게 달려들었다.

"이년! 시아우와 그르는 년이 어디 있어?"

그는 아내를 꺼꾸러치고 함부로 내리찧었다.

"정말 쥐가……, 아이 죽겠다!"

"이년! 너두 쥐? 죽어라!"

그의 팔다리는 함부로 아내의 몸 위에 오르내렸다.

"아이, 죽갔다. 정말 아까 적오니*가 왔게 떡 먹으라구 내놓았더니……."

"듣기 싫다! 무슨 잔소릴……."

"아이, 아이, 정말이야요. 쥐가 한 마리 나……."

"그냥 쥐?"

"쥐 잡을래다가……."

"샹년! 죽얼! 물에래두 빠데 죽얼!"

그는 실컷 때린 뒤에, 아내도 아우처럼 등을 밀어 쫓았다. 그 뒤에 그의 등으로,

"고기 배때기에 장사해라!"

하고 토하였다.

분풀이는 실컷 하였지만, 그래도 마음속이 자못 편치 못하였다. 그는 아랫목으로 가서 바람벽을 의지하고 실신한 사람같이 우두커니 서서 떡상만 들여다보고 있었다.

서편으로 바다를 향한 마을이라, 다른 곳보다는 늦게 어둡지만, 그래도 술시*쯤 되어서는 깜깜하니 어두웠다. 그는 불을 켜려고 바람벽에서 떠나 성냥을 찾으려고 돌아갔다.

성냥은 늘 있던 자리에 있지 않았다. 그래서 여기저기 뒤적이노라니까, 어떤 낡은 옷뭉치를 들칠 때에 쥐 소리가 나면서 무엇이 후덕덕 뛰어나온다. 그리하여 저편으로 기어서 도망한다.

"역시 쥐였구나!"

그는 조그만 소리로 부르짖었다. 그리고 그만 그 자리에 맥없

이 덜썩 주저앉았다.

아까 그가 보지 못한 때의 광경이 활동 사진*과 같이 그의 머리에 지나갔다.

아우가 집엘 온다. 아우에게 친절한 아내는 떡을 먹으라고 아우에게 떡상을 내놓는다. 그때에 어디선가 쥐가 한 마리 뛰어나온다. 둘(아우와 아내)이서는 쥐를 잡노라고 돌아간다. 한참 성화시키던 쥐는 어느 구석에 숨어 버린다. 그들은 쥐를 찾느라고 두룩거린다. 그럴 때에 그가 들어선 것이다.

"샹년, 좀 있으믄 안 들어오리……."

그는 억지로 마음먹고 그 자리에 드러누웠다.

그러나 그의 아내는 밤이 가고 밝기는커녕 해가 중천에 올라도 돌아오지를 않았다. 그는 차차 걱정이 나서 찾아보러 나섰다.

아우의 집에도 없었다. 동리를 모두 찾아보아도 본 사람도 없다 한다.

그리하여 낮쯤 한 삼사 리 내려가서 바닷가에서 겨우 아내를 찾기는 찾았지만, 그 아내는 이전과 같은 생기로 찬 산 아내가 아니요, 몸은 물에 불어서 곱이나 크게 되고, 이전에 늘 웃음을 흘리던 예쁜 입에는 거품을 잔뜩 물은 죽은 아내였다.

그는 아내를 업고 집으로 돌아오기까지에 정신이 없었다.

　이튿날 간단하게 장사를 하였다. 뒤에 따라오는 아우의 얼굴에는,

　‘형님 이게 웬일이오니까?’

하는 듯한 원망이 있었다.

　장사를 지낸 이튿날부터 아우는 그 조그만 마을에서 없어졌다. 하루 이틀은 심상히 지냈지만, 닷새가 지나도 아우는 돌아오지 않았다. 그래서 알아보니까, 꼭 그의 아우같이 생긴 사람이 오륙 일 전에 멧산 자 봇짐을 하여 진 뒤에 새빨간 저녁 해를 등으로 받고 더벅더벅 동편으로 가더라 한다. 그리하여 열흘이 지나고 스무 날이 지났지만, 한 번 떠난 그의 아우는 돌아올 길이 없었고, 혼자 남은 아우의 아내는 매일 한숨으로 세월을 보내게 되었다.

　그도 이것을 잠자코 보고 있을 수가 없었다. 그 불행의 모든 죄는 그에게 있었다.

　그도 마침내 뱃사람이 되어, 적으나마 아내를 삼킨 바다와 늘 접근하여 가는 곳마다 아우의 소식을 알아보려고 어떤 배를 얻어 타고 물길을 나섰다.

　그는 가는 곳마다 아우의 이름과 모습을 물었으나 아우의 소식은 알 수가 없었다.

　이리하여 꿈결같이 십 년을 지나서, 구 년 전 가을, 탁탁히 긴

안개를 깨며 연안(延安) 바다를 지나가던 그의 배는 몹시 부는 바람으로 말미암아 파선을 하여 벗 몇 사람은 죽고, 그는 정신을 잃고 물 위에 떠돌고 있었다.

그가 겨우 정신을 차린 때는 밤이었다. 그리고 어느덧 그는 뭍 위에 올라와 있었고, 그를 말리느라고 새빨갛게 피워 놓은 불빛으로 자기를 간호하는 아우를 보았다.

그는 이상하게 놀라지도 않고, 천연하게 물었다.

"너! 어떻게 여기 완?"

아우는 잠자코 한참 있다가 겨우 대답하였다.

"형님, 그저 다 운명이외다."

따뜻한 불기운에 잠이 들려다가 그는 화닥닥 깨면서 또 말하였다.

"십 년 동안에 되게 파랬구나.*"

"형님, 나두 변했거니와, 형님두 몹시 늙으셨쉐다!"

이 말을 꿈결같이 들으면서 그는 또 혼혼히* 잠이 들었다. 그리하여 두어 시간, 꿀보다도 단 잠을 잔 뒤에 깨어 보니 아까같이 빨간 불은 피워 있지만, 아우는 어디로 갔는지 없어졌다. 곁의 사람에게 물어 보니까, 아까 아우는 형의 얼굴을 물끄러미 들여다보고 있다가 새빨간 불빛을 등으로 받으면서 터벅터벅 아무 말 없이 어두움 가운데로 사라졌다 한다.

　이튿날 아무리 알아봐야 그의 아우는 종적이 없어지고 알 수 없으므로, 그는 하릴없이 다른 배를 얻어 타고 또 물길을 나섰다. 그리하여 그의 배가 해주에 이르렀을 때, 그는 해주 장에 들어가서 무엇을 사려다가, 저편 맞은편 가게에 얼핏 그의 아우와 같은 사람이 있으므로 뛰어가서 보니 그는 벌써 없어졌다. 배가 해주에는 오래 머물지 않으므로, 그는 마음은 해주에 남겨 두고, 또다시 바닷길을 떠났다.

　그 뒤에 삼 년을 이리저리 돌아다녔어도 아우는 다시 볼 수가 없었다.

　그리하여 삼 년이 지나고 지금부터 육 년 전에, 그의 탄 배가 강화도를 지날 때 바다로 향한 가파로운 뫼 쪽에서 바다로 향하여 날아오는 〈배따라기〉를 들었다. 그것도 어떤 구절과 곡조는 그의 아우 특색으로 변경된, 그의 아우가 아니면 부를 사람이 없는, 그 〈배따라기〉이다.

　배가 강화도에는 머무르지 않아서 그저 지나갔으나, 인천서 열흘쯤 머무르게 되었으므로, 그는 곧 내려서 강화도로 건너가 보았다. 거기서 이리저리 찾아다니다가, 어떤 조그만 객줏집에서 물어 보니, 이름도 그의 아우요, 생긴 모습도 그의 아우인 사람이 묵어 있기는 하였으나, 사나흘 전에 도로 인천으로 갔다 한다. 그는 곧 돌아서서 인천으로 건너와서 찾아보았지만, 그

조그만 인천서도 그의 아우는 찾을 수가 없었다.

그 위에 눈 오고 비 오며 육 년이 지났지만, 그는 다시 아우를 만나 보지 못하고 아우의 생사까지도 알 수 없었다.

말을 끝낸 그의 눈에는 저녁 해에 반사하여 몇 방울의 눈물이 반짝인다.

나는 한참 있다가 겨우 물었다.

"노형 계수는?"

"모르지요. 이십 년을 영유는 안 가 봤으니깐요."

"노형은 이제 어디루 갈 테요?"

"것두 모르지요. 정처가 있나요? 바람 부는 대로 몰려다니지요."

그는 다시 한 번 나를 위하여 배따라기를 불렀다. 아아! 그 속에 잠겨 있는 삭이지 못할 뉘우침, 바다에 대한 애처로운 그리움.

노래를 끝낸 다음에 그는 일어서서 시뻘건 저녁 해를 잔뜩 등으로 받고, 을밀대로 향하여 더벅더벅 걸어갔다. 나는 그를 말릴 힘이 없어서 멀거니 그의 등만 바라보고 앉아 있었다.

그날 밤, 집에 돌아와서도 그 배따라기와 그의 숙명적 경험담이 귀에 쟁쟁히 울려서 잠을 못 이루고, 이튿날 아침 깨어서 조

반도 안 먹고 기자묘로 뛰어가서 또다시 그를 찾아보았다. 그가 어제 깔고 앉았던 풀은, 모두 한편으로 누워서 그가 다녀감을 기념하되, 그는 그 근처에 보이지 않았다. 그러나—그러나 배따라기는 어디선가 쟁쟁히 울려서 모든 소나무들을 떨리지 않고는 안 두겠다는 듯이 날아온다.

"모란봉이다. 모란봉에 있다."

하고, 나는 한숨에 모란봉으로 뛰어갔다. 모란봉에는 사람이 하나도 없다. 부벽루에도 없다.

"을밀대다!"

하고 나는 다시 을밀대로 갔다. 을밀대에서 부벽루를 연한, 지옥까지 연한 듯한 골짜기에 물 한 방울을 안 새게 빽빽이 난 소나무의 그 모든 잎잎은—떨리는 배따라기를 부르고 있지만, 그는 여기도 있지 않다. 기자묘의 하늘을 향하여 퍼져 나간 그 모든 소나무의 천만의 잎잎도, 그 아래쪽 퍼진 천만의 풀들도, 모두 그 배따라기를 슬프게 부르고 있지만, 그는 이 조그만 모란봉 일대에서 찾을 수가 없었다.

강가에 나가서 알아보니 그의 배는 오늘 새벽에 떠났다 한다.

그 뒤에 여름과 가을이 가고 일 년이 지나서 다시 봄이 이르렀으되, 잠깐 평양을 다녀간 그는 그 숙명적 경험담과 슬픈 배따라기를 두었을 뿐, 다시 조그만 모란봉에 나타나지 않는다.

　모란봉과 기자묘에 다시 봄이 이르러서, 작년에 그가 깔고 앉아서 부러졌던 풀들도 다시 곧게 대가 나서 자줏빛 꽃이 피려 하지만, 끝없는 뉘우침을 다만 한낱 배따라기로 하소연하는 그는 이 조그만 모란봉과 기자묘에서 다시 볼 수가 없었다. 다만 그가 남기고 간 배따라기만 추억하는 듯이, 기념하는 듯이 모든 잎잎이 속삭이고 있을 따름이다.

감자

이놈아, 아이구 사람 죽이누나." 그는 목을 놓고 처울면서 낫을 휘둘렀다. 칠성문 밖 외딴 밭 가운데 홀로 서 있는 왕 서방의 집에서는 일장의 활극이 일어났다. 그러나 그 활극도 곧 잠잠하게 되었다. 복녀의 손에 들려 있던 낫은 어느덧 왕 서방의 손으로 넘어가고, 복녀는 목으로 피를 쏟으면서 그 자리에 고꾸라져 있었다.

감자

싸움, 간통, 살인, 도둑, 구걸, 징역, 이 세상의 모든 비극과 활극*의 근원지인 칠성문 밖 빈민굴로 오기 전까지는, 복녀의 부처는 (사농공상의 제2위에 드는) 농민이었다.

복녀는 원래 가난은 하나마 정직한 농가에서 규칙 있게 자라난 처녀였다. 예전 선비의 엄한 규율은 농민으로 떨어지자마자 없어졌다 하나, 그러나 어딘지는 모르지만 딴 농민보다는 좀 똑똑하고 엄한 가율*이 그의 집에 그냥 남아 있었다. 그 가운데서 자라난 복녀는 물론 다른 집 처녀들같이 여름에는 벌거벗고 개울에서 멱감고, 바짓바람으로 동네를 돌아다니는 것을 예사로 알기는 알았지만, 그러나 그의 마음속에는 막연하나마 도덕이라는 것에 대한 저품*을 가지고 있었다.

그는 열다섯 살 나는 해에 동네 홀아비에게 팔십 원에 팔려서 시집이라는 것을 갔다. 그의 새서방(영감이라는 편이 적당할까)이라는 사람은 그보다 이십 년이나 위로서, 원래 아버지의 시대에는 상당한 농민으로서 밭도 몇 마지기가 있었으나, 그의 대로 내려오면서는 하나둘 줄기 시작해서 마지막에 복녀를 산 팔십 원이 그의 마지막 재산이었다. 그는 극도로 게으른 사람이었다. 동네 노인의 주선으로 소작 밭깨나 얻어 주면 종자만 뿌려 둔 뒤에는 후치질*도 안 하고 김도 안 매고 그냥 버려 두었다가는, 가을에 가서는 되는 대로 거둬서 '금년에 흉년이네' 하고 전줏

집에는 가져도 안 가고 혼자 먹어 버리곤 하였다. 그러니까 그는 한 밭을 이태를 연하여 부쳐 본 일이 없었다. 이리하여 몇 해를 지내는 동안 그는 그 동네에서는 밥을 못 얻으리만큼 인심과 신용을 잃고 말았다.

복녀가 시집을 온 뒤, 한 삼사 년은 장인의 덕으로 이렁저렁 지내 갔으나, 예전 선비의 꼬리인 장인도 차마 사위를 밉게 보기 시작하였다. 그들은 처가에까지 신용을 잃게 되었다.

그들 부처는 여러 가지로 의논하다가 하릴없이 평양성 안으로 막벌이로 들어왔다. 그러나 게으른 그에게는 막벌이나마 역시 되지 않았다. 하루 종일 지게를 지고 연광정에 가서 대동강만 내려다보고 있으니, 어찌 막벌이인들 될까. 한 서너 달 막벌이를 하다가, 그들은 요행 어떤 집 막간살이*로 들어가게 되었다.

그러나 그 집에서도 얼마 안 되어 쫓겨나왔다. 복녀는 부지런히 주인집 일을 보았지만, 남편의 게으름은 어찌할 수가 없었다. 맨날 복녀는 눈에 칼을 세워 가지고 남편을 채근하였지만, 그의 게으른 버릇은 개를 줄 수는 없었다.

"볏섬* 좀 치워 달라우요."

"남 졸음 오는데, 님자 치우시관."

"내가 치우나요?"

"이십 년이나 밥을 처먹구 그걸 못 치워!"

"에이구 칵 죽구나 말지."

"이년, 뭘!"

이러한 싸움이 그치지 않다가 마침내 그 집에서도 쫓겨나왔다.

이젠 어디로 가나? 그들은 하릴없이 칠성문 밖 빈민굴로 밀려오게 되었다. 칠성문 밖을 한 부락으로 삼고 그곳에 모여 있는 모든 사람들의 정업*은 거지요, 부업으로는 도둑질과 (자기네끼리의) 매음, 그 밖에 이 세상의 모든 무섭고 더러운 죄악이었다. 복녀도 그 정업으로 나섰다.

그러나 열아홉 살의 한창 좋은 나이의 여편네에게 누가 밥인들 잘 줄까.

"젊은 거이 거렁질*은 왜?"

그런 소리를 들을 때마다 그는 여러 가지 말로, 남편이 병으로 죽어 가거니 어쩌거니 핑계는 대었지만, 그런 핑계에는 단련된 평양 시민의 동정은 역시 살 수가 없었다. 그들은 이 칠성문 밖에서도 가장 가난한 사람 가운데 드는 편이었다. 그 가운데서 잘 수입되는 사람은 하루에 오 리짜리 돈푼으로 일 원 칠팔십 전의 현금을 쥐고 돌아오는 사람까지 있었다.

극단으로 나가서는 밤에 돈벌이를 나갔던 사람이 그날 밤 사

십 원을 벌어 가지고 와서 그 근처에서 담배 장사를 시작한 사람까지 있었다.

복녀는 열아홉 살이었다. 얼굴도 그만하면 빤빤하였다. 그 동네 여인들의 보통 하는 일을 본받아서, 그도 돈벌이 좀 잘하는 사람의 집에라도 간간 찾아가면 매일 오륙십 전은 벌 수가 있었지만, 선비의 집안에서 자라난 그는 그런 일은 할 수가 없었다.

그들 부처는 역시 가난하게 지냈다. 굶은 일도 흔히 있었다.

기자묘 솔밭에 송충이가 끓었다. 그때, 평양부(府)에서는 그 송충이를 잡는 데 (은혜를 베푸는 뜻으로) 칠성문 밖 빈민굴의 여인들을 인부로 쓰게 되었다.

빈민굴 여인들은 모두가 지원을 하였다. 그러나 뽑힌 것은 겨우 오십 명쯤이었다. 복녀도 그 뽑힌 사람 가운데 한 사람이었다.

복녀는 열심히 송충이를 잡았다. 소나무에 사다리를 놓고 올라가서는 송충이를 집게로 집어서 약물에 잡아 넣고, 또 그렇게 하고, 그의 통은 잠깐 사이에 차곤 하였다. 하루에 삼십이 전씩의 품삯이 그의 손에 들어왔다.

그러나 대엿새 하는 동안에 그는 이상한 현상을 하나 발견하였다. 그것은 다른 것이 아니라 젊은 여인부 한 여남은 사람은

언제든 송충이는 안 잡고, 아래서 지절거리며* 웃고 날뛰기만
하고 있는 것이었다. 뿐만 아니라 그 놀고 있는 인부의 품삯은
일하는 사람의 삯전보다 팔 전이나 더 많이 내주는 것이었다.
감독은 한 사람뿐이었는데, 감독도 그들이 놀고 있는 것을 묵인
할 뿐 아니라 때때로 자기까지 섞여서 놀고 있는 것을 볼 때에,
복녀는 이상하다 하였다.

어떤 날 송충이를 잡다가 점심때가 되어 나무에서 내려와 점
심을 먹고 다시 올라가려 할 때에 감독이 그를 찾았다.

"복네! 애, 복네!"

"왜 그럽네까?"

그는 약통과 집게를 놓고 뒤로 돌아섰다.

"좀 오너라."

그는 말없이 감독 앞에 갔다.

"애, 너, 음…… 저 뒤 좀 가 보지 않갔니?"

"뭘 하게요?"

"글쎄, 가면 알지?"

"가지요. 형님!"

그는 돌아서면서 인부들 모여 있는 데로 고함쳤다.

"형님두 갑세다."

"싫다, 애. 둘이서 재미나게 가는데 내가 무슨 맛에 가갔니?"

복녀는 얼굴이 새빨갛게 되면서 감독에게로 돌아섰다.

"가 보자."

감독은 저편으로 갔다. 복녀는 머리를 숙이고 따라갔다.

"복네 좋갔구나."

뒤에서 이러한 조롱 소리가 들렸다. 복녀의 숙인 얼굴은 더욱 빨갛게 되었다.

그날부터 복녀도 '일 안 하고 품삯 많이 받는 인부'의 한 사람이 되었다.

복녀의 도덕관 내지 인생관은 그때부터 변하였다.

그는 여태껏 딴 사내와 관계를 한다는 것은 생각해 본 일도 없었다. 그것은 사람의 일이 아니요, 짐승이 하는 짓쯤으로만 알고 있었다. 혹은 그런 일은 하면 탁 죽어지는지도 모를 일로 알았다.

그러나 이런 이상한 일이 어디 다시 있을까. 사람인 자기도 그런 일을 한 것을 보면, 그것은 결코 사람으로 못 할 일도 아니었다. 게다가 일 안 하고도 돈 더 받고, 긴장된 유쾌가 있고, 빌어먹는 것보다 점잖고…… 일본말로 하자면 '삼박자(三拍子)' 같은 좋은 일이 이것뿐이었다. 이것이야말로 삶의 비결이 아닐까. 뿐만 아니라 이 일이 있은 뒤부터, 그는 처음으로 한 개 사람이

된 것 같은 자신까지 얻었다.

그 뒤부터는 그의 얼굴에 조금씩 분도 발리게 되었다.

일 년이 지났다.

그의 처세의 비결은 더욱더 순탄히 진척되었다. 그의 부처는 이제는 궁하게 지내지는 않게 되었다. 그의 남편은, 이것이 결국 좋은 일이라는 듯이 아랫목에 누워서 벌신벌신 웃고 있었다.

복녀의 얼굴은 더욱 예뻐졌다.

"여보, 아주바니. 오늘은 얼마나 벌었소?"

복녀는 돈 좀 많이 벌은 듯한 거지를 보면 이렇게 찾는다.

"오늘은 많이 못 벌었쉐다."

"얼마?"

"도무지 열서너 냥."

"많이 벌었쉐다가레. 한 댓 냥 꿰 주소고래."

"오늘은 내가……."

어쩌고 어쩌고 하면, 복녀는 곧 뛰어가서 그의 팔에 늘어진다.

"나한테 들킨 댐에는 뀌구야 말아요."

"나 원, 이 아주마니 만나믄 야단이더라. 자, 꿰 주디. 그 대신 응? 알아 있디?"

"난 몰라요, 해해해해."

"모르믄, 안 줄 테야."
"글쎄, 알았대두 그른다."
—그의 성격은 이만큼까지 진보되었다.

가을이 되었다.
칠성문 밖 빈민굴의 여인들은 가을이 되면 칠성문 밖에 있는 중국인의 채마밭*에 감자(고구마)며 배추를 도둑질하러 밤에 바구니를 가지고 간다. 복녀도 감자깨나 잘 도둑질해 왔다.
어떤 날 밤, 그는 고구마를 한 바구니 잘 도둑질해 가지고, 이젠 돌아오려고 일어설 때에, 그의 뒤에 시커먼 그림자가 서서 그를 꽉 붙들었다. 보니, 그것은 그 밭의 주인인 중국인 왕 서방이었다. 복녀는 말도 못 하고 멀찐멀찐* 발 아래만 내려다보고 있었다.
"우리 집에 가!"
왕 서방은 이렇게 말하였다.
"가자면 가지. 원, 것도 못 갈까."
복녀는 엉덩이를 한 번 홱 두른 뒤에 머리를 젖히고 바구니를 저으면서 왕 서방을 따라갔다.

한 시간쯤 뒤에 그는 왕 서방의 집에서 나왔다. 그가 밭고랑에

서 길로 들어서려 할 때에, 문득 뒤에서 누가 그를 찾았다.

"복네 아니야?"

복녀는 획 돌아서면서 보았다. 거기는 자기 곁집 여편네가 바구니를 끼고, 어두운 밭고랑을 더듬더듬 나오고 있었다.

"형님이댔쉐까…… 형님도 들어갔댔쉐까?"

"님자도 들어갔댔나?"

"형님은 뉘 집에?"

"나? 눅(陸) 서방네 집에, 님자는?"

"난 왕 서방네……. 형님, 얼마 받았소?"

"눅 서방네 그 깍쟁이 놈, 배추 세 패기……."

"난 삼 원 받았디."

복녀는 자랑스러운 듯이 대답하였다.

십 분쯤 뒤에 그는 자기 남편과, 그 앞에 돈 삼 원을 내놓은 뒤에, 아까 그 왕 서방의 이야기를 하면서 웃고 있었다.

그 뒤부터 왕 서방은 무시로 복녀를 찾아왔다.

한참 왕 서방이 눈만 멀찐멀찐 앉아 있으면, 복녀의 남편은 눈치를 채고 밖으로 나갔다. 왕 서방이 돌아간 뒤에는 그들 부처는 일 원 혹은 이 원을 가운데 놓고 기뻐하곤 하였다.

복녀는 차차 동네 거지들한테 애교를 파는 것을 중지하였다.

왕 서방이 분주하여 못 올 때가 있으면 복녀는 스스로 왕 서방의 집까지 찾아갈 때도 있었다.

복녀의 부처는 이젠 이 빈민굴의 한 부자였다.

그 겨울도 가도 봄이 이르렀다.

그때 왕 서방은 돈 백 원으로 어떤 처녀를 하나 마누라로 사오게 되었다.

"흥!"

복녀는 다만 코웃음만 쳤다.

"복녀, 강짜*하갔구만."

동네 여편네들이 이런 말을 하면, 복녀는 흥 하고 코웃음을 웃곤 하였다.

내가 강짜를 해? 그는 늘 힘있게 부인하곤 하였지만, 그의 마음에 생기는 검은 그림자는 어찌할 수가 없었다.

"이놈 왕 서방, 너 두고 보자."

왕 서방이 색시를 데려오는 날이 가까워졌다. 왕 서방은 여태껏 자랑하던 기다란 머리를 깎았다. 동시에 그것은 새색시의 의견이라는 소문이 퍼졌다.

"흥!"

복녀는 역시 코웃음만 쳤다.

마침내 새색시가 오는 날이 이르렀다. 칠보 단장*에 사린교*를 탄 색시가 칠성문 밖 채마밭 가운데 있는 왕 서방의 집에 이르렀다.

밤이 깊도록 왕 서방의 집에는 중국인들이 모여서 별난 악기를 뜯으며 별난 곡조로 노래하며 야단이었다. 복녀는 집 모퉁이에 숨어 서서 눈에 살기를 띠고 방 안의 동정을 듣고 있었다.

다른 중국인들은 새벽 두 시쯤 되어 돌아갔다. 그 돌아가는 것을 보면서 복녀는 왕 서방의 집안에 들어갔다. 복녀의 얼굴에는 분이 하얗게 발려 있었다.

신랑 신부는 놀라서 그를 쳐다보았다. 그것을 무서운 눈으로 흘겨보면서, 그는 왕 서방에게 가서 팔을 잡고 늘어졌다. 그의 입에서는 이상한 웃음이 흘렀다.

"자, 우리 집으로 가요."

왕 서방은 아무 말도 못 하였다. 눈만 정처 없이 두룩두룩하였다. 복녀는 다시 한 번 왕 서방을 흔들었다.

"자, 어서."

"우리, 오늘 밤 일이 있어 못 가."

"일은 밤중에 무슨 일?"

"그래두 우리 일이……."

복녀의 입에 여태껏 떠돌던 이상한 웃음은 문득 없어졌다.

"이까짓 것!"

그는 발을 들어서 치장한 신부의 머리를 찼다.

"자, 가자우, 가자우."

왕 서방은 와들와들 떨었다. 왕 서방은 복녀의 손을 뿌리쳤다. 복녀는 쓰러졌다. 그러나 곧 다시 일어섰다. 그가 다시 일어설 때는, 그의 손에 얼른얼른하는 낫이 한 자루 들려 있었다.

"이 되놈* 죽어라. 이놈, 나 때렸디! 이놈아, 아이구 사람 죽이 누나."

그는 목을 놓고 처울면서 낫을 휘둘렀다. 칠성문 밖 외딴 밭 가운데 홀로 서 있는 왕 서방의 집에서는 일장의 활극이 일어났 다. 그러나 그 활극도 곧 잠잠하게 되었다. 복녀의 손에 들려 있 던 낫은 어느덧 왕 서방의 손으로 넘어가고, 복녀는 목으로 피 를 쏟으면서 그 자리에 고꾸라져 있었다.

복녀의 송장은 사흘이 지나도록 무덤으로 못 갔다.

왕 서방은 몇 번을 복녀의 남편을 찾아갔다. 복녀의 남편도 때 때로 왕 서방을 찾아갔다. 둘의 사이에는 무슨 교섭하는 일이 있었다.

사흘이 지났다.

밤중 복녀의 시체는 왕 서방의 집에서 남편의 집으로 옮겨졌

다. 그리고 시체에는 세 사람이 둘러앉았다. 한 사람은 복녀의 남편, 한 사람은 왕 서방, 또 한 사람은 어떤 한방 의사.

왕 서방은 말없이 돈 주머니를 꺼내어, 십 원짜리 지폐 석 장을 복녀의 남편에게 주었다. 한방 의사의 손에도 십 원짜리 두 장이 갔다.

이튿날 복녀는 뇌일혈로 죽었다는 한방 의사의 진단으로 공동 묘지로 실려갔다.

명문

"마음? 마음만 좋으면 아무런 죄를 지을지라도 용서받을 줄 아느냐?" "그렇습니다. 천국은 마음의 나라라, 마음만 착할 것 같으면 그 결과에 얼마간 차질이 있을지라도 괜찮을 줄 압니다. 당신께서는 사람의 마음을 꿰어 들여다보시고, 마음의 선이며 죄악까지 다스리시는……." "아니다, 아니야. 이말 저말 할 것 없이, 네 생애 가운데 그중 양심에 유쾌하던 일이 제5, 제6, 제9의 계명을 범한 것이니깐, 딴 것은 미루어 알 수가 있다. 애, 이혼을 지옥에 데려가라!"

명문

전 주사*는 대단한 예수교인이었습니다.

양반이요, 부자요, 완고한 자기 아버지의 집안에서, 열일여덟까지 공자와 맹자의 도를 배우다가, 우연히 어느 날 예배당이라는 데 가서, 강도*하는 것을 듣고, 문득 아직껏 자기네의 삶의 이상이라는 것을 모르고, 장래라는 것을 무시한 데 놀라, 그날부터 대단한 예수교인이 되었습니다.

그는 예수를 믿으면서 맨 처음 일로 제 아내를 예수교인이 되게 하였습니다. 동시에 '임자'이고, '여편네'이고, 떡하면 '이년'이던 그의 아내는 '당신'이요, '마누라'요, '그대'인 아내로 등급이 올랐습니다.

그는 머리를 깎아 버렸습니다. 그리고 제 아버지와 어머니에게까지 예수교를 전해 보려 하였습니다.

"너나 천당인가엘 가라."

어머니의 대답은 이것이었습니다.

"천당? 사시에 꽃이 피어? 참, 식물원에는 겨울에도 꽃이 피더라, 천당까지 안 가도……. 혼백이 죽지 않고 천당엘? 홍, 이야긴 좋다. 너, 내 말을 잘 들어라. 사람이 죽는다는 것은 혼백이 죽느니라. 몸집은 그냥 남아 있고……. 몸집이 죽는 게 아니라 혼백이 죽어. 혼백이 천당엘 가? 바보의 소리다, 바보의 소리야. 하하하."

아버지는 비웃는 듯이 이렇게 대답하다가 갑자기 고함쳤습니다.

"이 자식! 양반의 집안에서 예수? 중놈같이 대구리*를 깎고. 다시 내 앞에서 그 따위 그 소릴 했다가는 목을 자르리라."

전 주사는 아버지와 아버지의 혼을 위하여 기도하면서 자기 방으로 돌아왔습니다.

평화롭고 점잖고 엄숙하던 이 집안에는 예수교가 뛰쳐들어오자부터 온갖 파란*이 일어났습니다.

"나는 너희에게 평화를 주려고 온 것이 아니라, 오히려 분쟁을 일으키려 왔느니라."

고 한 예수의 말은 그대로 이 집안에서 실현되었습니다. 칠역 (七逆) 가운데 드는 무서운 죄악을 전 주사는 매일같이 범하였습니다.

미신이라는 것을 한 죄악으로까지 보던 아버지는 전 주사가 예수교를 믿기 시작한 뒤부터는 아들을 비웃느라고, 매일 무당과 판수*를 집안에 불러들여서 집안을 요란케 하였습니다.

"우리 자식놈의 예수와 내 인복 대감과 씨름을 붙여 놓아라."

이러한 우렁찬 아버지의 웃음소리가 때때로 안방에까지 들리도록 울렸습니다. 그럴 때마다 착하고 효성 있는 전 주사는 눈물을 흘리면서 골방에 들어가서 아버지를 위하여 기도드렸습니다.

이 무섭고 엄한 집안에 들어온 예수교는 집안이 집안인지라 가지는 널리 못 퍼졌지만, 그러나 뿌리는 깊게 뻗쳤습니다. 온갖 장해와 박해 아래서도 전 주사 내외의 마음속에는 더욱 굳건히 그 뿌리가 들어박혔습니다.

"하늘에 계신 아버지여, 이 제 육신의 아버지의 죄를 용서하여 주십시오. 그는 착한 이외다. 남에게 거리끼는 일은 하나도 안 하는 사람이외다. 다만 한 가지, 그는 전지 전능하신 당신의 선지식*을 모르는 것뿐이 그의 죄악이라면 죄악이겠습니다. 딴 우상을 섬기는 것이 당신께는 가장 큰 죄악이겠지만 이 육신의 아버님이 딴 우상을 섬기는 것은, 결코 자기의 마음에서가 아니라, 다만 이 저를 비웃느라고 하는 일에 지나지 못합니다. 그의 그 죄를 용서하여 주십시오."

그는 흔히 이런 기도를 골방에서 드렸습니다.

어떤 날, 이 날도 그는 이러한 기도를 드리고 골방으로 나오노라니까 (아직 며느리의 방에는 들어와 보지 못한) 그 아버지가, 골방 문 밖에 서 있었습니다. 전 주사는 아버지의 위엄 있는 얼굴에 놀라서 그만 그 자리에 굴복하고 앉고 말았습니다.

"애, 고맙다. 하느님한테 내 죄를 용서하라고? 이 전 대과*는 자기 철이 든 이래 죄라고는 하나도 범하지 않은 사람이다. 내

죄를? 이 자식! 네 아비의 죄가 대체 무엇이냐? 대답해라."

전 주사는, 겨우 머리를 조금 들었습니다―.

"아버님, 말씀드리겠습니다. 아까 하느님께도 기도 올렸거니와, 아버님은 다른 잘못이란 없는 분이지만 하느님 밖에 다른 신을 섬기시는 것이 가장 큰 죄악의 하나올시다."

"하하하하, 너의 하느님도 질투는 꽤 세다. 얘, 내 말을 꼭 명심해서 들어라. 이 전 대과는 다른 죄악보다도 질투라는 것을 가장 미워한다. 너도 알다시피 아직껏 첩을 안 두는 것만 보아도 여편네들의 질투를 얼마나 싫어하는지 알겠지. 나는 질투 심한 너의 하느님을 섬길 수가 없다. 하하하하, 너의 하느님도 여편넨가 보구나."

아버지는 별한 찢어지는 소리로 웃은 뒤에 문 밖으로 나가 버렸습니다.

전 대과의 아들 전 주사는, 예수를 믿는 '죄' 때문에 얼마 뒤에 그만 아버지의 집에서 쫓겨났습니다. 그가 쫓겨 나올 때, 어머니는 몰래 그의 손에 돈 천(千) 치를 쥐어 주었습니다.

그는 아버지의 집에서 쫓겨 나오면서도 결코 아버지를 원망치는 않고, 오히려 아버지의 하느님을 저퍼하지* 않는 태도 때문에 눈물을 흘렸습니다. 그는 조그만 가게를 하나 세내어 가지고, 잡저자*를 시작하였습니다.

예수에게 진실하고 열심인 만큼, 그는 장사에도 또한 열심이고 정직하였습니다. 이 세상에 덕이 셋이 있으니, 첫째는 예수 믿는 것이요, 둘째는 정직함이요, 셋째는 겸손한 것이라는 것이 전 주사의 머리에 깊이 박혀 있는 신념이었습니다. 그는 온갖 일을 이 '덕'이라는 안경으로 비추어 보면서 행하였습니다. 그는 예수의 탄생 전에 세상을 떠난 공자와 맹자를 위해서까지 기도를 드렸습니다.

정직함과 겸손함을 푯대 삼는 그의 장사는 날로 흥하였습니다. 아래로는 어린애의 코 묻은 오 푼짜리 동전으로, 위로는 오 원, 십 원짜리의 지폐가 그의 집에 들락날락하였습니다.

그의 장사는 날로 흥하였지만, 그의 밑천은 결코 늘지 않았습니다.

그는 이전에 자기 아버지의 집에 있을 때는 몰랐는데 이렇게 세상에 나온 뒤에 자기 아버지의 평판이 대단히 나쁜 것을 보았습니다. 다른 것이 아니라 인색하다는 것이었습니다.

'아버지도, 그만한 재산이 있으면, 남한테 좀 주어도 좋을 것을……'

그는 처음에는 이렇게 생각하였지만, 자기의 장사에서 괜찮게 이익이 나는 것을 본 뒤부터는 그 이익을 모아서 백 원, 오백 원

씩 아버지의 이름으로 여기저기 기부를 하였습니다. 그리고 혼자서 마음으로 아버지를 위하여 하는 일이라고 기뻐하고 있었습니다.

"여보 마누라, 어버님의 인색하시단 말도 이젠 좀 줄었겠지요?"

어떤 날 그는 아내에게 이렇게 말하였습니다.

"네. 며칠 전에 거리에 서 있노라니까 지나가는 사람들의 이야기에, 아버님께서 불쌍한 사람에게 기부를 하신 일이 신문에 났다고 늘그막에 선심을 시작하신 모양이라고들 그러나 봅디다."

"신문에?"

그는 그날부터 신문을 사 보기 시작하였습니다.

그는 어떤 때는 어느 예배당을 짓는 데 아버지의 이름으로 돈 천 원을 기부하였습니다. 그리고 그날부터 신문에 그 일이 나기를 기다렸습니다.

이삼 일 뒤에 그는 신문을 뒤적이다가, 고함치면서 그 신문을 들고 방 안에 뛰쳐들어왔습니다. 신문에는 커다랗게 전성철 대감이 돈 천 원을 예배당 건축에 기부하였다는 말이 마치 기적이라도 발생한 듯이 씌어 있었습니다.

"여보 마누라, 기도드립시다. ―하느님이여, 제 아버지의 죄를 이것으로 얼마라도 용서하여 주십시오. 예수의 공로까지 빌려서 당신께 원하옵니다. 아멘. ―아아, 마누라 이것 보오, 이것을. 아버님도 기뻐하시겠지?"

그러나 그들의 기쁨은 곧 깨어져 버렸습니다. 그 일이 있은 이삼 일 뒤 저녁, 몇 해를 서로 보지 못하였던 아버지의 집 청지기가 문득 그를 찾아와서 돈 천 원을 주며, 아버지의 말을 전갈*하였습니다. 그 말은 대략 이러하였습니다.

"내 이름으로 예배당에 돈 천 원을 기부한 일이 신문에 났기에, 알아보니까 네가 가지고 왔다더라. 이 뒤에는 결코 내 이름을 팔아먹지 마라. 예수당에 기부? 예수당에 기부할 돈이 있으면 전장을 사겠다. 그 돈 천 원을 도로 찾아서 보내니, 다시는 결코 그런 짓을 마라!"

그는 이 말을 듣고 눈물을 흘렸습니다. 그리고 이튿날 다시 그 예배당에 가서, 신문에 내지 않기로 하고 다시 그 천 원을 기부하였습니다.

세월은 흘러서 십여 년이 지났습니다. 스무 살쯤 하여 아버지의 집에서 쫓겨난 전 주사는 어느덧 서른 살이 되게 되었습니다.

그러나 그의 살림은 조금도 변치 않았습니다. 장사에서 이익

이 나면 아버지의 이름으로 기부를 하고, 맨날 아버지와 어머니의 영혼을 위하여 기도하고, 정직하고 겸손하고 절박하게 장사를 해가고……. 그리하여 그가 서른 살 되던 해에, 그의 아버지는 문득 병이 걸려서 위독하게 되었습니다.

맏아들이요, 외아들인 그는 위독한 아버지의 앞에 돌아갔습니다.

그는 굵은 핏줄이 일어서 있는, 이전에는 든든하였던 아버지의 싯누런 손을 잡고 쓰러져 울었습니다. 아버지는 힐끗 그를 본 뒤에,

"우리 예수꾼."

하고는 성가신 듯이 눈을 감아 버렸습니다. 그러나 전 주사는 그 아버지의 감은 눈 아래 감추어 있는 오래간만에 만나는 부자로서의 따뜻한 사랑을 보았습니다. 그는 느끼는 소리로 그 자리에 엎드려 기도를 드렸습니다. 이 가련하고 착한 영혼을 위하여, 그는 몇만 번 드린 가운데서 그중 훌륭한 기도를 하느님께 드렸습니다.

아버지의 눈은 잠깐 떨리다가 열렸습니다.

"너, 날 위해서 기도하느냐? 흥! 예수꾼."

아버지는 고즈넉이 말을 시작하다가 갑자기 아들이 쥐고 있는 손을 뿌리치면서 고함쳤습니다.

"저리 가라! 썩 가! 애비의 임종에서까지 우라질 하느님? 너의 예수당에 가서나 울어라, 가!"

전 주사는 겁이 나서 두어 걸음 물러앉았습니다. 어머니도 놀라서 전 주사를 붙들고 우들우들 떨었습니다. 그러나 전 주사의 기도는 멎지 않았습니다. 전 주사는 물러앉아서도 이 착하지만 선지식을 모르는 애처로운 영혼을 위하여 기도를 속으로 드렸습니다.

잠깐이 지났습니다. 아버지는 성가신 듯이 연하여 코를 쿵쿵 울리다가 눈을 감은 채로 아들을 오라고 손짓을 하였습니다

"기도해라. 아무 쓸데없지만, 네가 하고 싶으면 해라. 그러나 내게는 하느님보다도 네가 귀엽다. 차디찬 애비의 손을 녹여 다고⋯⋯."

전 주사는 아버지의 손을 잡고, 엉엉 울었습니다.

밤이 깊어서 대과 전재상 전성철은 세상을 떠났습니다.

좀 인색하다는 평판은 있었지만, 한때의 귀인 전 대과의 죽음은 만도*가 조상하였습니다. 조상객이 구름과 같이 모여들었습니다.

전 주사는 무엇이 무엇인지 모를 범벅이 된 혼잡 속에서 어망처망하다는 듯이 눈이 멀찐멀찐 조상객들을 맞고 있었습니다.

사실 거리의 조그만 상인인 '전 서방'에서 대가의 맏상제로 뛰어오른 전 주사는 무엇이 무엇인지 분간을 못 하였습니다. 그는 다만 하느님만을 힘입으려 하였습니다.

전 주사가 새 대감으로 들어앉은 뒤에 처음으로 한 일은, 이 도회에서 오십만 원이라는 커다란 돈을 들여서 큰 공회당을 하나 만들어 놓은 것이었습니다. 그 공회당은 (돌아간 아버지의 이름을 빌려서) 성철관이라 하였습니다.

뭇 사람은 그 공회당 낙성식*에 모여서, 돌아간 전 대과의 혼백을 축복하였습니다. 전 주사는 만면에 웃음을 띠고, 이 낙성식에 참례하였다가 제 집으로 돌아와서 아내에게 이렇게 말하였습니다.

"여보 마누라. 참, 돈으로 이런 영광을 살 수 있을까? 이런 기쁨이 어디 있겠소? 아아, 아버님께서……. 여보, 기도합시다."

이와 같이 돈과 영광의 살림을 하면서도, 그는 결코 사치하게 지내지를 않았습니다. 아니, 사치하게 지내려 해도 지낼 수가 없었습니다. 기름기 많은 고기를 그의 위는 소화를 못 하였습니다. 인력거를 타고 다니면, 그는 발이 저려서 참을 수가 없었습니다. 그는 이전에 장사할 때와 마찬가지로 채소를 먹고 삼 전짜리 담배를 피우며 십 리가 되는 길도 걸어다녔습니다. 그리고

그의 수입의 남은 것은 모두 자선에 써 버렸습니다.

그러나 마귀는 아무런 구멍으로라도 들어옵니다. 전 주사의 집안에도 재미없는 일이 생겼습니다.

칠십이 넘은 그의 어머니가 정신이 좀 별하게* 되었습니다. 사십에 가까운 며느리가 아직 아들 하나를 낳지 못한 것을, 처음엔 좀 이상하게 말해 오던 어머니는 차차 만나는 사람은 누구에게나 다 그것을 전무 후무한 큰 괴변과 같이 지껄이곤 하였습니다.

"계집년이 방정맞으니깐, 아들 하나도 못 낳고 매일 하느님, 하느님…… 하느님이 제 서방이야?"

이런 말이 나올 때는 전 주사는 어쩔 줄을 모르고 골방에 뛰쳐들어가서, 이 무서운 말을 하는 어머니를 위하여 기도하였습니다.

그러나 어머니의 그것은 노망이라는 병 때문인지라 막을 도리가 없었습니다. 어머니의 노망은 차차 더하여, 마지막에는 며느리뿐 아니라 종들이며 드나드는 장사치에게까지 못 견디게 굴었습니다.

"내가 늙은이라고, 너희년(혹은 놈)들이 업신여기는구나. 흥! 내가 ─아아, 이런 원통한 일이 어디 있나!"

하면서 벼락같이 대청에 쓰러져 우는 일도 흔히 있었습니다. 뿐만 아니라 얼굴 좀 빤빤한 계집종을 밤중에 전 주사 거처하는 사랑에 들여보내는 일도 한두 번이 아니었습니다. 그것을 몇 번 전 주사가 물리친 다음부터는, 아직껏은 아들은 얼마간 저퍼하던 어머니가 아들에게까지 그렇게 굴었습니다.

"너희 젊은 연놈들이 트리하고,* 이 늙은 년 하나를 잡아먹누나, 이 전문(田門)의 종자를 끊으려는 연놈들. 그럼 내라도 아들을 낳아서 이 집을 잇게 하고야 말겠다."

그러면서 그는 그 뒤부터는 집에 사람이 오면, 매양 그 사람을 붙잡고는 얌전한 영감 하나를 구하여 달라고 야단하였습니다.

어떤 날, 뜰에서 무엇이 잘못되었다고 중얼거리고 있는 어머니의 뒷모양을 전 주사가 한심스러이 창문으로 내다보고 있을 때에, 사내 종 녀석이 하나 지나가다가 뒤에서 흉내내며 주먹질 하는 것을 발견하였습니다.

전 주사는 어떻게든 어머니를 처치하여야겠다고 생각했습니다.

참말 어머니의 삶은 아무 가치가 없는 것입니다. 전 주사 자기는 이 세상에 독일이란 나라가 있고, 거기 베를린이란 서울이 있는 것까지 아는데, 어머니는 대국이란 나라가 어느 쪽에 붙었는지, 그것조차 모릅니다. 이런 가련한 인생이 어디 있겠습니까? 그것뿐 아니라 노망했기 때문에, 자기 집안의 부엌이 어느 쪽에 붙었는지까지 간간 잊어버리는 일이 있고, 심지어는 자기에게 손주가 있었는지 없었는지도 몰라서 때때로 서두 없이 손주(게다가 용손이라는 이름까지 붙여서)를 좀 데려다 달라고 애원을 하곤 합니다. 그리고 종년 종놈들에게 주먹질이나 받고…….
그와 같은 사람은 하루를 더 살면 그만큼 자기 모욕의 행동이라고 전 주사는 생각했습니다. 그리고 결론으로는, 자기 어머니와 같은 사람은 떠나 버리는 것이 떠나는 자기를 위함이요, 또 남을 위함이라고 생각하였습니다. 어머니께 효도를 하기 위해서는 하루바삐 어머니를 저 세상으로 보내는 것이라고까지 생각하였습니다. 참말 사면에서 욕보는 어머니의 모양은 마음 착한 전 주사로서는 볼 수가 없었습니다.

"하느님이시여. 당신은 이 세상에 죄악이 너무 퍼졌을 때는 큰 홍수로써 세상을 박멸한 하느님이외다. 지금 제 어머니 때문에 저는 어머니를 미워하는 역도*의 죄를 지으며, 어머님께서도 맨날 고생으로 지내실 뿐 아니라, 집안의 몇 식구가 그 때문에 잠시도 마음을 못 놓고 지냅니다. 제 이 어머니를 하느님 앞에 돌려보내는 것이 가장 착하고 옳은 일인 줄 저는 생각합니다."

뿐만 아니라, 이제 일 년을 더 살지 못할 만큼 몸이 쇠약한 것은 누구나 아는 바요, 이제 더 산다는 그 일 년이, 또한 다만 어

머니의 껍질을 쓴 한 바보에 지나지 못하는지라, 그가 어머니를 죽인다 할지라도, 그것은 어머니가 아니요, 벌써 송장이 된 어떤 몸집에 조금 손을 더하는 것에 지나지 않겠습니다. 그는 그 '벌써 송장으로 볼 수 있는 어떤 몸집'에 조금 손을 더하려고 작정하였습니다.

이틀 뒤에 그의 어머니는 몹시 구역을 하고, 그만 세상을 떠나 버렸습니다.

한 달 뒤에 호출장으로 그는 검사청에 가 서게 되었습니다.

그는 서슴지 않고 온갖 일을 다 말하였습니다.

그날 밤부터 그는 구치감에서 자게 되었습니다.

또 한 달이 지났습니다. 존친족 교살범이라는 명목 아래서 그의 공판은 열렸습니다.

그는 두말없이 사실을 부인하였습니다.

"아, 천부당만부당하신 말씀이외다. 제가 그 인자하신 어머님께 손을 대다니요, 천만에……. 어차피 일 년 이내에 돌아가실 수명이시고, 게다가 그 당시에도 살아 계시다고 할 수가 없는 이를 마음 편히 주무시게 한 뿐이지, 어머니를 내 손으로……. 참, 천부당만부당……."

검사가 일어서서 반박하였습니다. ―일 년 이상 더 살지 못할 사람은 죽여도 괜찮다는 법은 어디 있어? 이제 오 분 내지 십 분의 여명*이 있는 병인*을 죽여도 훌륭한 살인범이거늘, 이제 일 년? 그 논조*로 가면 이제 십 년, 오십 년, 혹은 칠십 년 남은 목숨이라고 죽여 버려도 괜찮다는 말로써, 피고의 말 핑계는 핑계도 되지 않는다……

"당신과 말싸움은 안 하겠습니다."

그는 검사가 어찌하여 그런 똑똑한 이치도 모르는고 하고, 그만 이렇게 대답하고 말았습니다.

재판관은 다시 전 주사에게 물었습니다.

"좌우간 죽인 것은 사실이지?"

"아니올시다."

"말을 바꾸어서 하마. 그럼 어머니를 '주무시게' 한 것은 사실이지?"

"네, 그렇습니다."

"그것은 죄가 아니냐?"

"그럴 리가 없습니다. 어머님을 가련한 경우에서 건져내는 일이지, 결코 못된 일이 아니올시다."

"그래도 사람을 죽이……."

"아니올시다."

"사람을 잠재우는 것은 죄가 아니냐?"

"그 사람을 위해서 행한 일은 오히려 선행이올시다."

재판은 이와 같이 끝이 났습니다.

열흘 뒤에 그는 사형의 선고를 받았습니다. 그때 그는,

"하느님만이 아시지, 당신네는 모릅니다."

이렇게 대답하였습니다.

"억울하냐?"

"원죄*올시다."

"제 에미를 죽……."

"아니올시다."

"잠재운 것(재판관은 씩 웃었습니다)은 죽어도 싸지."

"당신네는 모릅니다. 하느님만이 아시지."

"억울하면 공소해라."

"그 사람이 그 사람이지요. 하느님 앞에 가서 다 여쭐 테니까
요."

그는 머리를 수그리고 나왔습니다.

사형을 집행하는 날, 교회사가 그에게 회개를 하라고 하였습
니다. 전 주사는 한마디로 거절하였습니다. 나는 회개할 일이
없습니다. 하나님의 뜻대로 어머니를 주무시게 한 것은 죄가 아
니외다. 당신네들의 법률의 명문*에 그것을 사형에 처한다 했으

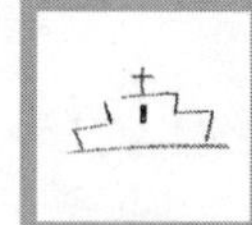

면 그대로 할 것이지, 그 밖에 내 마음까지는 간섭치 말아 주. 나는 하느님을 저퍼하는 예수교인이외다. 십계명 가운데 다섯째에 부모께 효도하라신 말씀을 지킨 뿐이외다……. 그는 이렇게 대답하였습니다.

한 시간쯤 뒤에 그의 혼은 그의 몸집을 떠났습니다.

그의 몸집을 떠난 그의 혼은 서슴지 않고 천당으로 가서 문을 두드렸습니다. 이윽고 문이 열리며, 천당의 사자 둘이 나왔습니다. 그의 혼은 사자에게 이끌려 천당 재판석에 이르렀습니다.

재판석에서, 재판관은 그에게 그의 전생의 일동 일정*을 모두 이야기하라고 명하였습니다. 그는 생각해 가면서, 하나도 빼지 않고 다 아뢰었습니다.

"음, 그 다음에 세상에서 네가 행한 가운데, 그중 양심에 쓰리던 일을 아뢰어라."

"없습니다."

전 주사의 혼은 서슴지 않고 대답하였습니다.

"없어? 그럼, 그중 양심에 유쾌하던 일을 아뢰어라."

"그것은 세 번이었습니다. 첫번은 예수의 도를 처음으로 들은 때였습니다. 그때 제 집안은……."

"음, 알았다. 알았다."

재판관은 몇억, 몇십, 몇백, 몇천억의 혼에게서 매양 들어온 다 같은 이야기를 다시 듣기 싫다는 듯이 머리를 끄덕였습니다.

"둘째는?"

"둘째는 아버님이 돌아가신 뒤에, 아버님의 이름으로 큰 공회당을 세운 때의 일이외다. 아직껏 인색하시다고 아버님을 욕하던 세상이 일시에 아버님의 만세를 부를 때에 어쩔 줄 모르게 기뻤습니다."

"또 하나는?"

"어머님을 주무시게 한 것이외다. 그것 때문에, 첫째로는 어머님의 명예를 보존했고, 둘째로는 어머님의 없으심으로 집안 모든 사람이 유쾌하게 마음놓고 살 수가 있게 되고, 그것 때문에 어머님께서는 저절로 선행을 하신 셈이 됐습니다."

재판관은 뚫어지도록 잠시 그의 혼을 내려다보다가 좌우를 돌아보며,

"저 혼을 지옥으로 갖다가 가두어라."

명하였습니다. 전 주사의 혼은 처음엔 그 뜻을 알지 못하여 잠자코 있었습니다. 그러나 사자 둘이 와서 그의 손을 붙잡을 때에 그는 처음으로 깨닫고, 무서운 힘으로 사자들을 떨쳐 버리고 고함쳤습니다.

"저를 왜 지옥으로 보내시렵니까? 대체 당신은 누구—외까?"

재판관의 날카로운 눈은 번득였습니다.

"나? 나는 여호와로다."

"네? 당신이 하느님이시외까? 그럼, 당신은 잘 아실 테외다. 저는 지옥으로 갈 죄는 없습니다. 저는 당신의 말씀을 지켜서 정직하고 겸손하게 세상의 길을 걸어온 사람이외다. 철이 든 이래로는 당신이 하지 말라신 일은 하나도 안 한 사람이외다. 저는 제 행한 모든 일이 다 잘한 일로 압니다."

"내 말을 듣거라. 첫째로 너는 애비의 죽은 뒤에 애비의 이름으로 기부를 해서 애비의 명예를 회복했다 하나, 이 천당에서는 소위 명예니 무엇이니는 모른다. 다만 네가 거짓 애비의 이름을 팔아서 세상을 속인 것뿐을 사실로 본다. 아홉째 계명에 거짓말 말라고 했는데 그것은 거짓말이 아니냐?"

전 주사의 혼은 너무 어망처망하여 얼른 대답을 못 하였습니다. 그러나 좀 뒤에 다시 정신을 가다듬으며 대답하였습니다.

"그러면 어머님을 편안케 한 것은 다섯째 계명에 효도하라는……."

"효도? 부모를 죽인 것이 효도? 네 말로는 어미를 괴로움에서 건지려 했다 하나, 그 당시에 네 어미는 아무 괴로움이며 고통을 모르고 있지 않았느냐? 그 어미를 죽인 것이, 여섯째 계명에 어기지 않았느냐?"

"그러나 마음은 어머님께 효도……."

"마음? 마음만 좋으면 아무런 죄를 지을지라도 용서받을 줄 아느냐?"

"그렇습니다. 천국은 마음의 나라라, 마음만 착할 것 같으면 그 결과에 얼마간 차질이 있을지라도 괜찮을 줄 압니다. 당신께서는 사람의 마음을 꿰어 들여다보시고, 마음의 선이며 죄악까지 다스리시는……."

"아니다, 아니야. 이말 저말 할 것 없이, 네 생애 가운데 그중 양심에 유쾌하던 일이 제5, 제6, 제9의 계명을 범한 것이니깐, 딴 것은 미루어 알 수가 있다. 애, 이 혼을 지옥에 데려가라!"

"그러나 세상에서나 그렇지, 여기는 명분과 규율 밖에 더욱 긴한 것이 있지 않습니까?"

하느님은 눈을 내려뜨고 잠시 동안 전 주사의 혼을 내려다보다가 웃었습니다.

"하하하하! 여기도 법정이다."

광화사

　　그 그림의 얼굴에는 어느덧 동자가 찍혔다. 자빠졌던 화공이 좀 정신을 가다듬어 가지고 몸을 일으켜서 다시 그림을 보매, 두 눈에는 완전히 동자가 그려진 것이다. 그 동자의 모양이 또한 화공으로 하여금 다시 털썩 엉덩이를 붙이게 하였다. 아까 소경 처녀가 화공에게 멱을 잡혔을 때에 그의 얼굴에 나타났던 원망의 눈! 그림의 동자는 완연히 그것이었다.

광화사(狂畵師)

인왕(仁王)ㅡ.

바위 위에 잔솔이 서고 잔솔 아래는 이끼가 빛을 자랑한다.

굽어보니 바위 아래는 몇 포기 난초가 노란 꽃을 벌리고 있다. 바위에 부딪히는 잔바람에 너울거리는 난초잎.

나는 허리를 굽히고 스틱으로 아래를 휘저어 보았다. 그러나 아직 난초에는 사오 척의 거리가 있다. 눈을 옮기면 계곡.

전면이 소나무의 잎으로 덮인 계곡이다. 틈틈이는 철색*의 바위도 보이기는 하나, 나무 밑의 땅은 볼 길이 없다. 만약 나로서 그 자리에 한 번 넘어지면 소나무의 잎 위로 굴러서 저편 어디인지 모를 골짜기까지 떨어질 듯하다.

나의 등 뒤에도 이삼 장*이 넘는 바위다. 그 바위에 올라서면 무학(舞鶴)재로 통한 커다란 골짜기가 나타날 것이다. 나의 발 아래도 장여*의 바위다. 아래는 몇 포기 난초, 또 그 아래는 두세 그루의 잔솔, 잔솔 넘어서는 또 바위, 바위 위에는 도라지꽃. 그 바위 아래로부터는 가파른 계곡이다.

그 계곡이 끝나는 곳에는 소나무 위로 비로소 경성 시가의 한편 모퉁이가 보인다. 길에는 자동차의 왕래도 가막하게 보이기는 한다. 여전한 분요*와 소란의 세계는 그곳에서 역시 전개되어 있기는 할 것이다.

그러나 내가 지금 서 있는 곳은 심산*이다. 심산이 가져야 할

온갖 조건을 구비*하였다.

바람이 있고, 암굴이 있고, 산초 산화가 있고, 계곡이 있고, 생물이 있고, 절벽이 있고, 난송(亂松)이 있고—말하자면 심산이 가져야 할 유수미*를 다 구비하였다.

본래 이 도회는 심산 중의 한 계곡이었다. 그것을 오백 년간을 닦고, 갈고, 지어서 오늘날의 경성부를 이룬 것이다. 이러한 협곡에 국도*를 창건한 이 태조의 본의가 어디에 있었는지는 알 길이 없다. 그러나 오늘날의 한 산보객의 자리에서 보자면, 서울은 세계에 유례가 없는 미도*일 것이다.

도회에 거주하며 식후의 산보로서 풀대님*채로 이러한 유수(幽邃)한 심산에 들어갈 수 있다 하는 점으로 보아서 서울에 비길 도회가 세계에 어디 다시 있으랴.

회흑색(灰黑色)의 지붕 아래 고요히 누워 있는 오백 년의 도시를 눈 아래 굽어보는 나의 사위*에는 온갖 고산 식물이 난성*하고, 계곡에 흐르는 물소리와 눈 아래 날아드는 기조*들은 완전히 나로 하여금 등산객의 정취를 느끼게 한다.

나는 스틱을 바위 틈에 꽂아 놓았다. 그리고 굴러 떨어지기를 면키 위하여 잔솔의 새에 자리잡고 비스듬히 앉았다. 담배를 피우고 싶었으나, 잠시의 산보로 여기고 담배도 안 가지고 나온 발이 더듬더듬 여기까지 미쳤으므로 담배도 없다.

시야의 한편에는 이삼 장의 바위, 다른 한편에는 푸르른 하늘, 그 끝으로는 솔잎이 서너 개 어렴풋이 보인다. 그윽이 코로 몰려 들어오는 송진 냄새. 소나무에 불리는 바람 소리―.

유수(幽邃)키 짝이 없다. 내가 지금 앉아 있는 자리는 개벽 이래로 과연 몇 사람이나 밟아 보았을까? 이 바위 생긴 이래로 혹은 내가 맨 처음 발 대어 본 것이 아닐까. 아까 바위를 기어서 이곳까지 올라오느라고 애쓰던 그런 맹랑한 노력을 해본 바보가 나 이외에 몇 사람이나 있었을까? 그런 모험을 맛보기 위하여 심산을 찾은 용사(勇士)는 많을 것이로되 결사적 인왕 등산을 한 사람은 그리 많으리라고 생각되지 않는다.

등 뒤 바위에는 암굴*이 있다.

뱀이라도 있을까 무서워서 들어가 보지는 않았지만, 스틱으로 휘저어 본 결과로, 세 사람은 넉넉히 들어가 앉아 있음 직하다.

이 암굴은 무엇에 이용할 수가 없을까?

음모(陰謀)의 도시 한양은 그새 오백 년간 별별 음흉한 사건이 연출되었다. 시가 끝에서 반 시간 미만에 넉넉히 올 수 있는 이런 가까운 거리에 뚫린 암굴이 있는 줄 알기만 하였으면, 혹은 음모에 이용되지 않았을까?

공상!

유수한 맛에 젖어 있던 나는 이 암굴 때문에 차차 불쾌한 공상에 빠지기 시작하려 한다.

온갖 음모, 그 뒤를 잇는 살육, 모함, 방축,* 이조 오백 년간의 추악한 모양이 나로 하여금 불쾌한 공상에 빠지게 하려 한다.

나는 황망히* 이런 불쾌한 공상에서 벗어나려고 또 주머니에 담배를 뒤적이었다. 그러나 담배는 여전히 있을 까닭이 없었다.

다시 눈을 들어서 안하*를 굽어보면 일면*에 깔린 송초(松梢)―.

반짝!

보매 한 줄기의 샘이다. 소나무 틈으로 보이는 그 샘은 아마 바위 틈을 흐르는 샘물인 듯. 똘똘똘똘 들리는 것은 아마 바람 소리겠지. 저렇듯 멀리 아래 있는 샘의 소리가 이곳까지 들릴 리가 없다.

샘물!

저 샘물을 두고 한 개 이야기를 꾸며볼 수가 없을까? 흐르는 모양도 아름답거니와 흐르는 소리도 아름답고, 그 맛도 아름다운 샘물을 두고 한 개 재미있는 이야기가 나의 머리에 생겨나지 않을까? 암굴을 두고 생겨나려던 음모 살육*의 불쾌한 공상보다

좀더 아름다운 다른 이야기가 꾸며지지 않을까?

나는 바위 틈에 꽂았던 스틱을 도로 뽑았다. 그 스틱으로써 나의 발 아래 바위를 가볍게 두드리면서 한 개 이야기를 꾸며 보았다.

한 화공*이 있다. 화공의 이름은?

지어내기가 귀찮으니 신라 때의 화성*의 이름을 차용하여 솔거(率居)라 해두자.

시대는?

시대는 이 안하에 보이는 도시가 가장 활기 있고 아름답던 시절인 세종 성주의 때쯤으로 해둘까?

백악*이 흘러내리다가 맺힌 곳. 거기는 한양의 정기를 한몸에 지닌 경복궁 대궐이 있다. 이 대궐의 북문인 신무문(神武門) 밖 우거진 뽕밭 새에 중로*의 사나이가 오뇌*스러운 얼굴을 하고 숨어 있다.

화공 솔거였다.

무르익은 여름, 뜨거운 볕은 뽕잎이 가려 준다 하나, 훈훈한 기운은 머리 위 뽕잎과 땅에서 우러나서 꽤 무더운 이 뽕밭 속에 숨어 있는 화공, 자그마한 보따리에는 점심까지 싸 가지고

온 것으로 보아서 저녁까지 이곳에 있을 셈인 모양이다.

그러나 무얼 하는지? 단지 땀을 펑펑 흘리며 오뇌스러운 얼굴로 앉아 있을 뿐이다.

왕후 친잠*에 쓰이는 이 뽕밭은 잡인*들이 다니지 못할 곳이다. 하루 종일을 사람의 그림자 하나 얼씬하지 않는다.

때때로 바람이 우수수하니 뽕나무 위로 불기는 하나, 솔거가 숨어 있는 곳에는 한 점의 바람도 들어오지 않는다. 이 무더움 속에 솔거는 바람이 불 적마다 몸을 흠칫흠칫 놀라며, 그러면서도 무엇을 기다리는 듯이 뽕나무 그루 아래로 저편 앞을 주시하곤 한다.

이윽고 석양이 무악을 넘고 이 도시도 황혼이 들었다. 날이 어둡기를 기다려서 이 화공은 몸을 숨겨 가지고 거기서 나왔다.

"오늘은 헛길, 내일이나 다시 볼까?"

한숨을 쉬면서 제 오막살이를 찾아 돌아가는 화공. 날이 벌써 꽤 어두웠지만 그래도 아직 저녁빛이 약간 남은 곳에 내놓은 이 화공은 세상에 보기 드문 추악한 얼굴의 주인이었다.

코가 질병*자루 같다. 눈이 통방울* 같다. 귀가 박죽 같다. 입이 나발통* 같다. 얼굴이 두꺼비 같다―소위 추한 얼굴을 형용하는 온갖 형용사를 한 얼굴에 지닌 흉한 얼굴의 주인으로서, 그 얼굴이 또한 굉장히도 커서 멀리서 볼지라도 그 존재가 완연*

하리 만하다.

이 얼굴을 가지고는 백주*에는 나다니기가 스스로 부끄러울
것이다.

아닌게 아니라, 솔거는 철이 들은 이래 아직껏 백주에 사람 틈
에 나다닌 일이 없었다.

일찍이 열여섯 살에 스승의 중매로써 어떤 양가 처녀와 결혼
을 하였지만, 그 처녀는 솔거의 얼굴을 보고 기절을 하고, 기절
에서 깨어나서는 그냥 집으로 도망쳐 버리고, 그 다음에 또 한
번 장가를 들어 보았지만, 그 색시 역시 첫날밤만 정신 모르고
치른 뒤에는 이튿날은 무서워서 죽어도 같이 못 살겠노라고 부
모에게 떼를 써서 두 번째의 비극을 겪고―.

이러한 두 가지의 사변*을 겪고 난 뒤에는 솔거는 차차 여인
이라는 것을 보기를 피하여 오다가 그 괴벽*이 점점 자라서 나
중에는 일체로 사람이란 것의 얼굴을 대하기가 싫어졌다.

사람을 피하기 위하여―그리고 또한 일방으로는 화도(畵道)
에 정진하기 위하여 인가를 떠나서 백악의 숲 속에 조그만 오막
살이를 하나 틀고 거기 숨은 지 근 삼십 년. 생활에 필요한 물건
혹은 그림에 필요한 물건을 구하기 위하여 부득이 거리에 나가
야 할 필요가 있을 때는 반드시 밤을 택하였다. 피할 수 없어 낮

에 나갈 때는 방립*을 쓰고 그 위에 얼굴을 베로 가리었다.

화도에 발을 들여 놓은 지 근 사십 년, 부득이한 금욕 생활, 부득이한 은둔 생활을 경영한 지 삼십 년, 여인에게로 '소모되지 못한' 정력은 머리로 모이고, 머리로 모인 정력은 손끝으로 뻗어서 종이에 비단에 갈겨 던진 그림이 벌써 수천 점. 처음에는 그 그림에 대하여 아무 불만도 느껴 보지 않았다.

하늘에서 타고난 천분과 스승에게서 얻은 훈련과 저축된 정력의 소산인 한 장의 그림이 생겨날 때마다 그것을 보면서 스스로 만족히 여기고 스스로 자랑스러이 여기던 그였다.

그러나 그런 과정을 밟기 이십 년에 차차 그의 마음에 움돋은 불만, 그것은 어떻게 보자면 화도에는 이단적인 생각일는지도 모를 것이다.

좀 다른 것은 그릴 수가 없는가?

산이다. 바다다. 나무다. 시내다. 지팡이 짚은 노인이다. 다리다. 혹은 돛단배다. 꽃이다. 과즉* 달이다. 소다. 목동이다.

이밖에 그가 아직 그려 본 것이 무엇이었던가?

유원한* 맛, 단 한 가지밖에 없는 전통적 그림보다 좀더 다른 것을 그려 보고 싶다.

아직껏 스승에게 배운 바의 백발백염(白髮白髥)의 노옹이나 피리 부는 목동 이외에 좀더 얼굴의 움직임이 있는 사람을 그려

보고 싶다. 표정이 있는 얼굴을 그려 보고 싶다.

이리하여 재래*의 수법을 아낌없이 내던진 솔거는 그로부터 십 년간을 사람의 표정을 그리노라고 세월을 보냈다. 그러나 사람의 세상을 멀리 떠나서 따로이 사는 이 화공에게는 사람의 표정이 기억에 가맣다.

상인들의 간특*한 얼굴, 행인들의 덜난 무표정한 얼굴, 새꾼* 들의 싱거운 얼굴, 그새 보고 지금도 대할 수 있는 얼굴은 이런 따위뿐이다. 좀더 색채 다른 표정은 없느냐?

색채 다른 표정!
색채 다른 표정!

이 욕망이 화공의 마음에 익고 커 가는 동안, 화공의 머리에 솟아오르는 몽롱한 기억이 있다.

이 화공의 어머니의 표정이다.

지금은 거의 그의 기억에서 사라졌지만 어린 시절에 자기를 품에 안고 눈물 글썽글썽한 눈으로 굽어보던 어머니의 표정이 가끔 한순간씩 그의 기억의 표면까지 뛰쳐올랐다.

그의 어머니는 희세*의 미녀였다. 대대로 이후의 자손의 미 (美)까지 모두 미리 빼앗았던지 세상에 드문 미인이었다.

화공은 이 미녀의 유복자*였다.

  아비 없는 자식을 가슴에 붙안고 눈물 머금은 눈으로 굽어보던 표정.

  철이 들은 이래로 자기를 보는 얼굴에서는 모두 경악*과 공포밖에는 발견하지 못한 화공에게는 사십여 년 전의 어머니의 사랑의 아름다운 얼굴이 때때로 몸서리치도록 그리웠다.

  그것을 그려 보고 싶었다.

  커다란 눈에 그득히 담긴 눈물, 그러면서도 동경과 애무로써 빛나던 눈, 입가에 떠오르던 미소.

  번개와 같이 순간적으로 심안*에 나타났다가는 사라지는 이 환영을 화공은 그려 보고 싶었다.

  세상을 피하고 숨어 살기 때문에 차차 삐뚤어진 이 화공의 괴벽한 마음에는, 세상을 그리는 정열이 또한 그만치 컸다. 그리고 그것이 크면 크니만치 마음속에는 늘 울분과 분만*이 차 있었다.

  지금도 세상에서는 한창 계집, 사내들이 서로 부둥켜안고 좋다고 야단할 것을 생각하고는 음울한 얼굴로 화필을 뿌리는 화공.

  이러한 가운데서 나날이 괴벽하여 가는 이 화공은 한 개 미녀상(美女像)을 그려 보고자 노심*하였다.

  처음에는 단지 아름다운 표정을 가진 미녀를 그려 보고자 하

였다. 그러나 미녀를 가까이 본 일이 없는 이 화공이 마음대로 되지 않는 붓 끝에 역정을 내며 애쓰는 동안 차차 어느덧 미녀 상에 대한 관념이 달라졌다.

자기의 아내로서의 미녀상을 그려 보고 싶어졌다.

세상은 자기에게 아내를 주지 않는다.

보면 한 마리의 곤충, 한 마리의 날짐승도 각기 짝을 찾아 즐기고 짝을 찾아 좋아하거늘, 만물의 영장*인 사람이 짝 없이 오십 년을 보냈다 하는 데 대한 분만이 일어났다.

세상놈들은 자기에게 한 짝을 주지 않고 세상 계집들은 자기에게 오려는 자가 없이 홀몸으로 일생을 보내다가 언제 죽는지도 모르게 이 산골에서 죽어 버릴 생각을 하면 한심하기보다 도리어 이렇듯 박정한* 사람의 세상이 미웠다.

세상이 주지 않는 아내를 자기는 자기의 붓 끝으로 만들어서 세상을 비웃어 주리라.

이 세상에 존재한 가장 아름다운 계집보다 더 아름다운 계집을 자기의 붓 끝으로 그려서 못나고도 아름다운 체하는 세상 계집들을 웃어 주리라.

덜난 계집을 아내로 맞아 가지고 천하의 절색이라 믿고 있는 사내놈들도 깔보아 주리라.

사오 명의 처첩을 거느리고 좋다꾸나고 춤추는 헌놈들도 굽어

보아 주리라.

　미녀! 미녀!

　—눈을 감고 생각하고 눈을 뜨고 생각하고 머리를 움켜쥐고 생각해 보나, 미녀의 얼굴이 어떤 것인지 알 수가 없었다.

　물론 얼굴에 철요*가 없고 이목구비가 제대로 놓였으면 세상 보통의 미인이라 한다. 그런 얼굴에 연지나 그리고, 눈에 미소나 그려 넣으면 더 아름다워지기는 할 것이다. 이만한 것은 상상의 눈으로도 볼 수가 있는 자며 붓 끝으로 그릴 수도 없는 바가 아니다.

　그러나 가만 어린 시절의 어머니의 얼굴을 순영적(瞬影的)으로나마 기억하는 이 화공으로서는 그런 미녀로는 만족할 수가 없었다.

　오뇌의 분만 중에서 흐르는 세월은 일 년 또 일 년, 무위*히 흘러간다.

　미녀의 아랫동이는 그려진 지 벌써 수 년. 그 아랫동이 위에 올려 놓일 얼굴을 어떻게 하여야 할지 짐작도 가지 않았다.

　화공의 오막살이 방 안에 들어서면 맞은편에 걸려 있는 한 폭 그림은 언제든 어서 목과 얼굴을 그려 주기를 기다리듯이 화공을 힐책한다.*

화공은 이것을 보기가 거북하였다.

특별한 일이라도 있기 전에는 낮에 거리에 다니지를 않던 이 화공이 흔히 얼굴을 싸매고 장안을 돌아다녔다.

행여나 길에서라도 미녀를 만날까 하는 요행심*으로였다. 길에서 순간적으로라도 마음에 드는 미녀를 볼 수만 있으면 그것을 머리에 똑똑히 캐치하여 그 기억으로써 화상을 그릴까 하는 요행심으로…….

그러나 내외법이 심한 이 도회에서 대낮에 양가의 부녀가 얼굴을 내놓고 길을 다니지 않았다. 계집이라는 것은 하인배나 하류배뿐이었다.

하인배, 하류배에도 때때로 미녀라 일컬을 자가 있기는 있었다. 그러나 아무리 산뜻한 미를 갖기는 했다 하나 얼굴에 흐르는 표정이 더럽고 비열하여 캐치할 만한 자가 없었다.

얼굴을 싸매고 거리로 방황하며 혹은 계집들이 많이 모일 우물가나 저자를 비실비실 방황하며, 어찌어찌하여 약간 예쁜 듯한 계집이라도 보이면 따라가면서 얼굴을 연구해 보곤 했으나, 마음에 드는 미녀를 지금껏 얻어내지를 못하였다.

혹은 심규*에는 마음에 드는 계집이라도 있을까. 심규! 심규! 한 번 심규의 계집들을 모조리 눈앞에 벌려 세우고 얼굴 검사를

하여 보았으면…….

초조하고 성가신 가운데서 날을 보내고 날을 맞으면서 미녀를 구하던 화공은, 마지막 수단으로 친잠 상원(親蠶桑園)에 들어가서 채상*하는 궁녀의 얼굴을 얻어 보려 하였다. 그러나 불행히도 화공의 모험도 헛길로 돌아가고, 그날은 채상을 하러 오지도 않았다.

그러나 때 바야흐로 누에 시절이라 길만성 있게* 기다리노라면 궁녀가 오는 날도 있을 것이다. 미녀―아내의 얼굴을 그리려는 욕망에 열이 오르고 독이 난 이 화공은 그 이튿날 또 뽕밭에 들어가 숨었다. 숨어 기다리지 않을 수 없었다.

그로부터 한 달, 화공은 나날이 점심을 싸 가지고 상원(桑園)으로 갔다. 그러나 저녁때 제 오막살이로 돌아올 때는 언제든 그의 입에서는 기다란 탄식성*이 나왔다.

궁녀를 못 본 바가 아니었다.

마치 여기 숨어 있는 화공에게 선보이려는 듯이 나날이 궁녀들은 번갈아 왔다. 한 떼씩 밀려와서는 옷소매, 치맛자락을 펄럭이며 뽕을 따갔다. 한 달 동안에 합계 사오십 명의 궁녀를 보았다.

모두 일률로 미녀들이었다. 그리고 길가 우물가에서 허투루 볼 수 있는 미녀들보다 고아한 얼굴임에는 틀림이 없었다.

그러나 그 눈―화공이 보는 바는 눈이었다.

그 눈에 나타난 애무와 동경이었다. 철철 넘쳐 흐르는 사랑이었다. 그것이 궁녀에게는 없었다. 말하자면 세상 보통의 미녀였다.

자기에게 계집을 주지 않는 고약한 세상에게 보복하는 의미로 절세의 미녀를 차지하고자 하는 이 화공의 커다란 야심으로서는 그만 따위의 미녀로 만족할 수가 없었다.

오막살이로 돌아올 때마다 그의 입에서 나오는 기다란 한숨, 이런 한숨을 쉬기 한 달―그는 다시 상원에 가지 않았다.

가을 하늘 맑고 푸르른 어떤 날이었다.

마음속에 분만과 동경을 가득히 담은 이 화공은 저녁 쌀을 씻으려 소쿠리를 옆에 끼고 시내로 더듬어 갔다.

가다가 문득 발을 멈추었다.

우거진 소나무 틈으로 보이는 시냇가 바위 위에 웬 처녀가 하나 앉아 있다. 솔가지 틈으로 내리비치는 얼룩지는 석양을 받고 망연히 앉아서 흐르는 시냇물을 내려다보고 있다.

웬 처녀일까?

인가에서 꽤 떨어진 이곳, 사람의 동리보다 꽤 높은 이곳. 길도 없는 이곳―아직껏 삼십 년간을 때때로 초부*나 목동의 방문은 받아 본 일이 있지만 다른 사람의 자취를 받아 보지 못한 이

곳에 웬 처녀일까?

화공도 망연히 서서 바라보았다. 바라볼 동안 가슴에 차차 무거운 긴장을 느꼈다.

한 걸음 두 걸음 화공은 발소리를 감추고 나아갔다. 차차 그 상거*가 가까워 감을 따라서 분명해 가는 처녀의 얼굴―. 화공의 얼굴에는 피가 떠올랐다.

세상에 드문 미녀였다. 나이는 열일여덟, 그 얼굴 생김이 아름답기보다 얼굴 전면에 나타난 표정이 놀랄 만큼 아름다웠다.

흐르는 시내에 눈을 부었는지, 귀를 기울였는지, 하여간 처녀의 온 주의력은 시내에 모여 있다. 커다랗게 뜨인 눈은 깜박일 줄도 잊은 듯이 황홀한 눈으로 시내를 굽어보고 있다.

남벽*의 시냇물에는 용궁이 보이는가? 소나무 그루에 부딪혀서 튀어나는 바람에 앞머리를 약간 날리면서 처녀가 굽어보고 있는 것은 무엇인가?

처녀의 온 공상과 정열과 환희가 한꺼번에 모인 절묘한 미소를 눈과 입에 띠고 일심 불란*히 처녀가 굽어보는 것은 무엇인가?

아아!

화공은 드디어 발견하였다. 그새 십 년간을 여항*의 길거리에

서, 혹은 우물가에서 내지는 친잠 상원에서 발견해 보려고 애쓰다가 종내 달하지 못한 놀랄 만한 아름다운 표정을 화공은 뜻안한 여기서 발견하였다.

화공은 걸음을 빨리 하였다. 자기의 얼굴이 얼마나 더럽게 생겼는지, 이 처녀가 자기를 쳐다보면 얼마나 놀랄지, 이 점을 온전히 잊고 걸음을 빨리 하여 처녀 쪽으로 갔다.

처녀는 화공의 발소리에 머리를 번쩍 들었다. 화공을 바라보았다. 그 무한히 먼 곳을 바라보는 듯한 기묘한 눈을 들어서.

"아……."

가슴이 무둑하여 무슨 말을 하여야 할지 망설이며 화공이 반벙어리 같은 소리를 할 때에 처녀가 먼저 입을 열었다.

"여기가 어디 오니까?"

여기가 어디?

"여기가 인왕 산록 이름도 없는 산이지만 너는 웬 색시냐?"

"네……."

문득 떠오르는 적적한* 표정.

"더듬더듬 시내를 따라왔습니다."

화공은 머리를 기울였다. 몸을 움직여 보았다. 무한히 먼 곳을 바라보는 듯한 처녀의 눈은 그냥 움직임 없이 커다랗게 뜨여 있기는 하지만, 어디를 보는지 무엇을 보는지 알 수가 없다.

드디어 화공은 부르짖었다!

"너 앞이 보이느냐?"

"소경이올시다."

소경이었다. 눈물 머금은 소리로 하는 이 대답을 듣고 화공은 좀더 가까이 갔다.

"앞도 못 보면서 어떻게 무얼 하러 예까지 왔느냐?"

처녀는 머리를 푹 수그렸다. 무슨 대답을 하는 듯하였으나 화공은 알아듣지 못하였다. 그러나 화공으로 하여금 적이* 호기심을 잃게 한 것은 처녀의 얼굴에서 아까와 같은 놀라운 매력 있는 표정이 없어진 것이었다.

그만하면 보기 드문 미인임에는 틀림이 없다. 그러나 아까 화공이 그렇듯 놀란 것은 단지 미인인 탓이 아니었다. 그 얼굴에 나타난 놀라운 매력에 끌린 것이었다.

"불쌍도 하지. 저녁도 가까워 오는데 어둡기 전에 집으로 내려가거라."

이만큼 하여 화공은 처녀를 포기하려 하였다. 이 말에 처녀가 응하였다.

"어두운 것은 탓하지 않습니다마는 황혼은 매우 아름답지요?"

"그럼 아름답구말구."

"어떻게 아름답습니까?"

"황금빛이 서산에서 줄기줄기 비치는구나. 거기 새빨갛게 물든 천하―푸르른 소나무도, 남빛 바위도, 검붉은 나무 그루도, 모두 황금빛에 잠겨서……."

"황금빛은 어떤 것이고 새빨간 빛과 붉은빛이며 남빛은 모두 어떤 빛이오니까? 밝은 세상이라지만 밝은 빛과 붉은빛이 어떻게 다릅니까? 이 산 경치가 아름답다는 소문을 듣고 더듬어 왔습니다마는 바람 소리, 돌물 소리, 귀로 들리는 소리밖에는 어디가 아름다운지 알 수가 없습니다."

차차 다시 나타나는 미묘한 표정, 커다랗게 뜬 눈에 비치는 동경의 물결, 일단 사라졌던 아름다운 표정은 다시 생기가 비롯하였다.

화공은 드디어 처녀의 맞은편에 가 앉았다.

"이 샘줄기를 따라 내려가면 바다가 있구, 바닷속에는 용궁이 있구나. 칠색 비단을 감은 기둥과 비취를 아로새긴 댓돌이며 황금으로 만든 풍경(風磬), 진주로 꾸민 문설주……."

마주 앉아서 엮어 내리는 이 화공의 이야기에 각일각* 더욱 황홀해 가는 처녀의 눈이었다. 화공은 드디어 이 처녀를 자기의 오막살이로 데리고 돌아갈 궁리를 하였다.

“내 용궁 이야기를 들려 주마. 너의 집에서 걱정만 안 하실 것 같으면…….”

화공이 이렇게 꾈 때에 처녀는 그의 커다란 눈을 들어서 유원 (幽園)히 하늘을 우러러보면서 자기네 부모는 병신딸 따위는 없어져도 근심을 안 한다고 쾌히 화공의 뒤를 따랐다.

일사 천리로 여기까지 밀려오던 나의 공상은 문득 중단되었다. 이야기를 어떻게 진전시키나?

잡념이 일어난다. 동시에 나의 귀에 들려오는 한 절의 유행가—.

나는 머리를 들었다. 저편 뒤 어디 잡인들이 온 모양이다. 그 분요(紛擾)가 무의식 중에 귀로 들어와서 나의 집중되었던 머리를 헤쳐 놓는다.

귀찮은 가사(歌師)들이여. 저주받을 가사들이여.

이 저주받을 가사들 때문에 중단된 이야기는 좀체 다시 모이지 않았다.

그러나 결말 없는 이야기가 어디 있으랴? 아무튼 결말은 지어야 할 것이 아닌가?

그러면 그 화공은 처녀를 데리고 제 오막살이로 돌아와서 용궁 이야기를 들려 주면서 그 동안에 처녀의 얼굴을 그대로 그려

서 십 년래의 숙망*을 성취하였다는 결말로 맺어 버릴까?

그러나 이런 싱거운 결말이 어디 있으랴? 결말이 되기는 되었지만 이 따위 결말을 짓기 위하여 그런 서두(序頭)는 무의미한 거다.

그러면?

그럼 다르게 결말을 맺어 볼까?

화공은 처녀를 제 오막살이로 데리고 돌아왔다. 그리고 처녀에게 용궁 이야기를 들려 주었다. 그러나 아까 용궁 이야기로 초벌 들은 처녀는 이번은 그렇듯 큰 감흥도 느끼지 않는 모양으로 그다지 신통한 표정도 보이지 않았다. 화공의 계획은 수포로 돌아갔다. 화공은 그 그림을 영 미완품인 채로 남기지 않을 수 없었다.

역시 마음에 들지 않는 결말이다.

그럼 또다시—.

화공은 처녀를 데리고 돌아왔다. 돌아와서 처녀를 보면 볼수록 탐스러워서 그림은 집어던지고 처녀를 아내로 삼아 버렸다. 앞을 못 보는 처녀는 이 추하게 생긴 화공에게도 아무 불만이 없이 일생을 즐겁게 보냈다. 그림으로나 아내를 얻으려던 화공은 절세의 미녀를 아내로 얻게 되었다.

역시 불만이다.

귀찮고 성가시다. 저주받을 유행 가사(流行歌師)여!

나는 일어났다. 감흥을 잃은 이 자리에 그냥 앉아 있기가 싫었다. 그냥 들리는 유행가. 그것이 안 들리는 곳으로 자리를 옮기자.

굽어보매 저 멀리 소나무 틈으로 한 줄기 번득이는 것은 아까의 샘물이다. 그 샘물로, 가장 이 이야기의 원천이 된 그 샘으로 내려가자.

벼랑을 내려가기는 올라가기보다 힘들었다. 올라가는 것은 올라가다가 실수하여 떨어지면 과즉 제자리에 내린다. 그러나 내려가다가 발을 실수하면 어디까지 굴러갈지 예측할 길이 없다. 잘못하다가는 청운동 어귀까지 굴러갈는지도 모를 일이다. 게다가 올라갈 때에는 도움이 되던 스틱조차 내려갈 때에는 귀찮기 짝이 없다.

반각이나 걸려서 나는 드디어 그 샘가에 도달하였다.

샘가에는 과연 한 개의 바위가, 사람 하나 앉기 좋을 만한 자리가 있다. 이 바위가 화공이 쌀 씻던 바위일까? 처녀가 앉아서 공상하던 바위일까? 그 아래를 깊은 남벽(藍碧)으로 알았더니 겨우 한 뼘 미만의 얕은 물로서 바위 위를 기운 없이 똘똘 흐르

고 있다.

그러나 이 골짜기는 고요하기 짝이 없었다. 바람 소리도 멀리 위에서만 들린다. 그리고 소나무와 바위에 둘러싸여서 꽤 음침한 이 골짜기는 옛날 세상을 피한 화공이 즐겨하였음 직하다.

자, 그러면 이 골짜기에서 아까 그 이야기의 꼬리를 마저 지을까?

화공은 처녀를 데리고 오막살이로 돌아왔다.

그의 마음은 너무도 긴장되고 또한 기뻐서 저녁도 짓기 싫었다. 들어와 보매 벌써 여러 해를 머리 달리기를 기다리는 족자(簇子)의 여인의 몸집조차 흔연히 화공을 맞는 듯하였다.

"자, 거기 앉아라."

수 년간 화공을 힐책하던 머리 없는 그림이 화공의 앞에 퍼졌다. 단청도 준비되었다.

터질 듯 울렁거리는 마음으로 폭 앞에 자리를 잡은 화공은 빛이 비치도록 남향하여 처녀를 앉히고 손으로 붓을 적시며 이야기를 꺼냈다.

벌써 황혼은 이제 얼마 남지 않은 오늘 해로써 숙망*을 달하려* 하는 것이었다. 십 년간을 벼르기만 하면서 착수를 못 했기 때문에 저축되었던 화공의 힘은 손으로 모였다.

"그러구…… 알겠지?"

눈으로는 처녀의 얼굴을 보며, 입으로는 용궁 이야기를 하며 손은 번개같이 붓을 둘렀다.

"용궁에는 여의주라는 구슬이 있구나. 이 여의주라는 구슬은 마음에 있는 바는 다 달할 수 있는 보물로서, 그 구슬을 네 눈 위에 한 번 굴리면 너도 광명한 일월을 보게 된다."

"네? 그런 구슬이 있습니까?"

"있구말구. 네가 내 말을 잘 듣고 있기만 하면 수일 내로 너를 데리고 용궁에 가서 여의주를 빌려서, 네 눈도 고쳐 주마."

"그러면 저도 광명한 일월을 볼 수 있겠습니까?"

"그럼. 광명한 일월, 무지개라는 칠색이 영롱한 기묘한 것, 아름다운 수풀, 유수한 골짜기, 무엇인들 못 보랴!"

"아이구, 어서 그 여의주를 구해서……."

아아, 놀라운 아름다운 표정이었다. 화공은 처녀의 얼굴에 나타나 넘치는 이 놀라운 표정을 하나도 잃지 않고 화폭 위에 옮겼다.

황혼은 어느덧 밤으로 변하였다. 이때는 그림의 여인에게는 단지 눈동자가 그려지지 않을 뿐 그 밖의 것은 죄 완성이 되었다.

눈동자까지 그리고 싶었다. 그러나 이 그림의 생명을 좌우할

눈동자를 그리기에는 날은 너무도 어두웠다.

눈동자 하나쯤이야 밝는 날로 남겨 둔들 어떠랴. 하여간 십 년 숙망을 겨우 달한 화공의 심사는 무엇에 비기지 못하도록 기뻤다.

"아— 아!"

이 탄성은 오래 벼르던 일이 끝난 때에 나는 기쁨의 소리였다. 이 일단의 안심과 함께 화공의 마음에는 또 다른 긴장과 정열이 솟아올랐다.

꽤 어두운 가운데서 처녀의 얼굴을 유심히 보기 위하여 화공이 잡은 자리는 처녀의 무릎과 서로 닿을 만큼 가까웠다. 그림에 대한 일단의 안심과 함께 화공의 코로 몰려 들어오는 강렬한 처녀의 체취와 전신으로 느끼는 처녀의 접근 때문에 화공의 신경은 거의 마비될 듯싶었다. 차차 각일각 몸까지 떨리기 시작하였다. 어두움 가운데서 황홀스러이 빛나는 처녀의 커다란 눈은, 정열로 들먹거리는 입술은 화공의 정신까지 혼미하게 하였다.

밝는 날, 화공과 소경 처녀의 두 사람은 벌써 남이 아니었다.

'오늘은 동자를 완성시키리라.'

삼십 년의 독신 생활을 벗어 버린 화공은 삼십 년간을 혼자 먹던 조반을 소경 처녀와 같이 먹고 다시 그림 폭 앞에 앉았다.

"용궁은?"

기쁨으로 빛나는 처녀의 눈!

그러나 화공의 심미안*에 비친 그 눈은 어제의 눈이 아니었다.

아름답기는 다시 없는 아름다운 눈이었다. 그러나 그 눈은 사내의 사랑을 구하는 '여인의 눈'이었다. 병신이라 수모받던 전생을 벗어 버리고 어젯밤 처음으로 인생의 봄을 맛본 처녀는 이제는 한 개의 지어미의 눈이요, 한 개의 애욕*의 눈이었다.

"용궁은?"

"용궁에 어서 가서 여의주를 얻어서 제 눈을 뜨여 주세요. 밝은 천지도 천지려니와 당신을 어서 눈 뜨고 보고 싶어!"

어젯밤 잠자리에서 자기는 스물네 살 난 풍신* 좋은 사내라고 자랑한 화공의 말을 그대로 믿는 소경 처녀였다.

"응, 얻어 주지. 그 칠색이 영롱한!"

"그 칠색도 보고 싶어요."

"그래 그래. 좌우간 지금 머리로 생각해 보란 말이야."

"네, 참 어서 보고 싶어서……"

굽어보면 무릎 앞의 그림은 어서 한 점 동자를 찍어 주기를 기다리고 있다.

그러나 소경의 눈에 나타난 것은 아름답기는 아름다우나 그것

은 애욕의 표정에 지나지 못하였다. 그런 눈을 그리려고 십 년을 고심한 것은 아니었다.

"자, 용궁을 생각해 봐!"

"생각이나 하면 뭘 합니까? 어서 이 눈으로 보아야지."

"생각이라도 해보란 말이야."

"짐작이 가야 생각도 하지요."

"어제 생각하던 대로 생각을 해봐!"

"네……."

화공은 드디어 역정을 내었다.

"자, 용궁! 용궁!"

"네……."

"용궁을 생각해 봐! 그래 용궁이 어때?"

"칠색이 영롱하구요."

"그래, 또?"

"또, 황금 기둥, 아니 비단으로 싼 기둥이 있구요. 또 푸른 진주가!"

"푸른 진주가 아냐! 푸른 비취지."

"비취 추녀든가, 문이든가—?"

"에익! 바보!"

화공은 커다란 양손으로 칵 소경의 어깨를 잡았다. 잡고 흔들

었다.

"자, 다시 곰곰이—용궁은?"

"용궁은 바닷속에……."

겁에 띠어서 어릿거리는 소경의 양에 화공은 손으로 소경의 따귀를 갈기지 않을 수 없었다.

"바보!"

이런 바보가 어디 있으랴? 보매 그 병신 눈은 깜박일 줄도 모르고 허공을 바라보고 있다. 그 천치 같은 눈을 보매 화공의 노염은 더욱 커졌다. 화공은 양손으로 소경의 멱을 잡았다.

"에이 바보야. 천치야. 병신아!"

생각나는 저주의 말을 연하여 퍼부으면서 소경의 멱을 잡고 흔들었다. 그리고 병신답게 멀겋게 뜬 눈자위에 원망의 빛깔이 나타나는 것을 보고 더욱 힘있게 흔들었다. 흔들다가 화공은 탁 그 손을 놓았다. 소경의 몸이 너무도 무거워졌으므로—.

화공의 손에서 놓인 소경의 몸은 눈을 뒤솟은 채 번뜻 나가 넘어졌다. 넘어지는 서슬에 벼루가 전복되었다. 뒤집어진 벼루에서 튀어난 먹방울이 소경의 얼굴에 덮였다.

깜짝 놀라서 흔들어 보매 소경은 벌써 이 세상의 사람이 아니었다.

화공은 어찌할 줄을 몰랐다. 망지소조*하여 허둥거리던 화공

은 눈을 뜻없이 자기의 그림 위에 던지다가 악! 소리를 내며 자빠졌다.

그 그림의 얼굴에는 어느덧 동자가 찍혔다. 자빠졌던 화공이 좀 정신을 가다듬어 가지고 몸을 일으켜서 다시 그림을 보매, 두 눈에는 완전히 동자가 그려진 것이다.

그 동자의 모양이 또한 화공으로 하여금 다시 털썩 엉덩이를 붙이게 하였다. 아까 소경 처녀가 화공에게 먹을 잡혔을 때에 그의 얼굴에 나타났던 원망의 눈!

그림의 동자는 완연히 그것이었다.

소경이 넘어지는 서슬에 벼루를 엎는다는 것은 기이할 것도 없고 벼루가 엎어질 때에 먹방울이 튄다는 것도 기이하달 수도 없지만, 그 먹방울이 어떻게 그렇게도 기묘하게 떨어졌을까? 먹이 떨어진 동자로부터 먹물이 번진 홍채에 이르기까지 어찌도 그렇듯이 기묘하게 되었을까?

한편에는 송장, 한편에는 화상을 놓고 망연히 앉아 있는 화공의 몸은 스스로 멈출 수 없이 와들와들 떨렸다.

수일 후부터 한양성 내에는 괴상한 화상을 들고 음울한 얼굴로 돌아다니는 늙은 광인(狂人) 하나가 생겼다.

그의 내력을 아는 사람이 없었고, 그의 근본을 아는 사람이 없

었다. 그 괴상한 화상을 너무도 소중히 여기므로 사람들이 보고
자 하면 그는 기를 써서 보이지 않고 도망하여 버리곤 한다.

　이렇게 수 년간을 방황하다가 어떤 눈보라치는 날 돌베개를
베고 그의 일생을 마감하였다. 죽을 때도 그는 족자를 깊이 품
에 안고 죽었다.

　늙은 화공이여. 그대의 쓸쓸한 일생을 나는 조상하노라.

　나는 지팡이로써 물을 두어 번 저어 보고 고즈넉이 몸을 일으
켰다.

　우러러보매 여름의 석양은 벌써 백악 위에서 춤추고, 이 천고
(千古)의 계곡을 산새가 남북으로 건넌다.

광염 소나타

통상시에는 그 사람은 아주 명민하고 점잖고 온화한 청년입니다. 그러나 때때로 그—뭐랄까, 그 흥분 때문에 눈이 아득해져서 무서운 죄를 범하고, 그 죄를 범한 다음에는 훌륭한 예술을 하나씩 산출합니다. 이런 경우에 우리는 범죄를 밉게 보아야 합니까, 혹은 그 범죄 때문에 생겨난 예술을 보아서 죄를 용서해야 합니까?

광염 소나타

독자는 이제 내가 쓰려는 이야기를, 유럽의 어떤 곳에서 생긴 일이라고 생각해도 좋다. 혹은 사오십 년 뒤에 조선을 무대로 생겨날 이야기라고 생각해도 좋다. 다만, 이 지구상의 어떤 곳에 이러한 일이 있었는지도 모르겠다. 있는지도 모르겠다. 혹은 있을지도 모르겠다. 가능성만이 있다—이만큼 알아 두면 그만이다.

그런지라, 내가 여기 쓰려는 이야기의 주인공 되는 백성수를, 혹은 알벨트라 생각해도 좋을 것이요, 찜이라 생각해도 좋을 것이요, 또는 호 모(某)나 '기무라' 모로 생각해도 괜찮다. 다만 사람이라 하는 동물을 주인공 삼아 가지고, 사람의 세상에서 생겨난 일인 줄만 알면…….

이러한 전제로서, 자 그러면 내 이야기를 시작하자.

"기회(찬스)라는 것이 사람을 망하게도 하고 흥하게도 하는 것을 아시오?"

"네, 새삼스러이 연구할 문제도 아닐걸요."

"자, 여기 어떤 상점이 있다 합시다. 그런데 마침 주인도 없고 사환도 없고 온통 비었을 적에 우연히 그 앞을 지나가던 신사가—그 신사는 재산도 있고 명망도 있는 점잖은 사람인데—그 신사가 빈 상점을 들여다보고 혹은 이렇게 생각할 수도 있지 않아요? 통 비었으니깐 도적놈이라도 넉넉히 들어갈 게다. 들어가

서 훔치면 아무도 모를 테다. 집을 왜 이렇게 비워 둔담……. 이런 생각 끝에 혹은 그—그 뭐랄까, 그 돌발적 변태 심리로써 조그만 물건 하나(변변치도 않고 욕심도 안 나는)를 집어서 주머니에 넣는 경우가 있을지도 모르지 않겠습니까?"

"글쎄요."

"있습니다, 있어요."

어떤 여름날 저녁이었다. 도회를 떠난 교외 어떤 강변에 두 노인이 앉아서 이런 이야기를 하고 있었다. 그 기회론을 주장하는 사람은 유명한 음악 비평가 K씨였다. 듣는 사람은 사회 교화자인 모씨였다.

"글쎄, 있을까요?"

"있어요—좌우간 있다 가정하고, 그러한 경우에 그 책임은 어디 있습니까?"

"동양 속담 말에, 외밭*서는 신끈도 다시 매지 말랬으니, 그 신사가 책임을 질까요?"

"그래 버리면 그뿐이지만, 그 신사는 점잖은 사람으로서 그런 절대적 기묘한 찬스만 아니더라면 그런 마음은커녕 염*도 내지 않을 사람이라 생각하면 어찌 됩니까?"

"……."

"말하자면 죄는 '기회'에 있는데 '기회'라는 무형물에 벌을 할

수가 없으니깐, 그 신사를 가해자로 인정할 수밖에는 지금은 없
지요."

"그렇습니다."

"또 한 가지―사람의 천재라 하는 것도 경우에 따라서는 어떤
'기회'가 없으면 영구히 안 나타나고 마는 일이 있는데, 그 '기
회'란 것이 어떤 사람에게서, 그 사람의 '천재'와 '범죄 본능'을
한꺼번에 끌어내었다면 우리는 그 '기회'를 저주해야겠습니까,
축복해야겠습니까?"

"글쎄요."

"선생님, 백성수라는 사람을 아시오?"

"백성수? 자…… 기억이 없는데요."

"작곡가로서 그……."

"네, 생각납니다. 유명한―〈광염 소나타〉의 작가 말씀이지
요?"

"네, 그 사람이 지금 어디 있는지 아십니까?"

"모릅니다. ―뭐 발광했단 말이 있었는데……."

"네, 지금 ×× 정신 병원에 감금돼 있는데, 그 사람의 일대기
를 이야기할 테니 들으시고 사회 교화자로서의 의견을 말씀해
주십시오."

　—내가 이제 이야기하려는 백성수의 아버지도 또한 천분* 많은 음악가였습니다. 나와는 동창생이었는데 학생 시절부터 벌써 그의 천분은 넉넉히 볼 수가 있었습니다. 그는 작곡과를 전공했는데, 때때로 스스로 작곡을 해서는 밤중에 피아노를 두드리고 해서 우리들로 하여금 뜻하지 않고 일어나게 하곤 하였습니다. 그리고 우리는 그 밤중에 울려 오는 야성적 선율에 몸을 소스라치곤 하였습니다.

　그는 야인*이었습니다. 광포스런* 야성은 때때로 비위에 틀리면 선생을 두들기기가 예사이며, 우리 학교 근처의 술집이며 모든 상점 주인들은 그에게 매깨나 안 얻어맞은 사람이 없었습니다. 그러한 야성은 그의 음악 속에 풍부히 잠겨 있어서, 오히려 그 야성적 힘이 그의 예술을 더 빛나게 하는 것이었습니다.

　그러나 그가 학교를 졸업하고 난 뒤에는 그 야성은 다른 곳으로 발전되고 말았습니다.

　술— 술— 무서운 술이었습니다. 아침부터 저녁까지, 저녁부터 아침까지, 술잔이 그의 입에서 떠나지를 않았습니다. 그리고 술을 먹고는 여편네들에게 행패를 하고, 경찰서에 구류*를 당하고, 나와서는 또 같은 일을 하고……

　작품? 작품이 다 무엇입니까? 술을 먹은 뒤에 취흥에 겨워 때때로 피아노에 앉아서 즉흥으로 탄주*를 하곤 하였는데, 지금

생각하면 그 귀기*가 사람을 엄습하는 힘과 야성(베토벤 이래로 근대 음악가에서 발견할 수 없던), 그건—보물이라 해도 좋을 것이 많았지만, 우리들은 각각 제 길 닦기에 바쁜 사람이라, 주정꾼의 즉흥악을 일일이 베껴 둔다든가 그런 일은 꿈에도 생각하지 않았습니다.

우리들은 그의 장래를 생각하여 때때로 술을 삼가기를 권고하였지만, 그런 야인에게 친구의 권고가 무슨 소용이 있겠습니까?

"술? 술은 음악이다!"

하고는 하하하하 웃어 버리고 다시 술집으로 달아나곤 합니다.

그러한 칠팔 년이 지난 뒤에 그는 아주 폐인이 되고 말았습니다. 술이 안 들어가면 그의 손은 떨렸습니다. 눈에는 눈꼽이 끼었습니다. 그리고 술이 들어가면—술만 들어가면 그는 그 광포성을 발휘하였습니다. 누구를 막론하고 붙잡고는 입에 술을 부어 넣어 주었습니다. 그러다가는 장소를 불문하고 아무 데나 누워서 잡니다.

사실 아까운 천재였습니다. 우리들 사이에는 때때로 그의 천분을 생각하고 아깝게 여기는 한숨이 있었지만, 세상에서는 그 장래가 무서운 한 천재가 있었다는 것을 몰랐었습니다.

그러는 동안에 그는 어떤 양가의 처녀와 어떻게 관계를 맺어서 애까지 뱄습니다. 그러나 그 애의 출생을 보지 못하고 아깝

게도 심장 마비로 죽어 버리고 말았습니다.

그 유복자로 세상에 나온 것이 백성수였습니다.

그러나 우리는 백성수가 세상에 출생되었다는 풍문*만 들었지, 그 애 아버지가 죽은 뒤부터는 그 애의 소식이며 그 애 어머니의 소식은 일체 몰랐습니다. 아니, 몰랐다는 것보다 그 집안의 일은 우리의 머리에서 온전히 잊혀져 버리고 말았습니다.

삼십 년이란 세월이 흘렀습니다.

십 년이면 강산도 변한다 하는데 삼십 년 사이의 변천을 어찌 이루 다 말하겠습니까. 좌우간 그 동안에 나는 내 길을 닦아 놓았습니다. 아시다시피 지금 K라 하면 이 나라에서 첫손가락을 꼽는 음악 비평가가 아닙니까. 건실한 지도적 비평가 K라면 이 나라의 음악계의 권위이며, 이 나의 한마디는 음악가의 가치를 결정하는 판결문이라 해도 옳은 만큼 되었습니다. 많은 음악가가 내 손 아래에서 자랐으며, 많은 음악가가 내 지도로 이름을 날렸습니다.

재작년 이른 봄 어떤 날이었습니다.

그때 나는 조용한 밤중의 몇 시간씩을 ×× 예배당에 가서, 명상으로 시간을 보내는 것이 습관이 되어 있었습니다. 언덕 위에

홀로 서 있는 집으로서, 조용한 밤중에 혼자 앉아 있노라면 때때로 들보에서, 놀라서 깬 비둘기의 날개 소리와 간간이 기둥에서 뚝뚝하는 소리밖에는 아무 소리도 들리지 않는, 말하자면 나 같은 괴상한 성미를 가진 사람이 아니면 돈을 주면서 들어가래도 들어가지 않을 음침한 집이었습니다. 그러나 나 같은 명상을 즐기는 사람에게는 다른 데서 구하기 힘들도록 온갖 것을 가진 집이었습니다. 외따르고* 조용하고 음침하며, 간간이 알지 못할 신비한 소리까지 들리며, 멀리서는 때때로 놀란 듯한 기적 소리도 들리는……. 이것만으로도 상당한데, 게다가 이 예배당에는 피아노도 한 대 있었습니다. 예배당에는 오르간은 있을지나 피아노가 있는 곳은 쉽지 않은 것으로서, 무슨 흥이나 날 때에는 피아노에 가서 한 곡조 두드리는 재미도 또한 괜찮았습니다.

그날 밤도 (아마 두 시는 지났을걸요) 그 예배당에서 혼자서 눈을 감고 조용한 맛을 즐기고 있노라는데, 갑자기 저편 아래에서 재재하는* 소리가 납디다. 그래서 눈을 번쩍 뜨니까 화광*이 충천*하였는데, 내다보니까 언덕 아래 어떤 집이 불이 붙으며 사람들이 왔다갔다 야단이었습니다.

이렇게 말하면 어떨지 모르지만, 그다지 멀지 않은 곳에서 불 붙는 것을 바라보는 맛도 괜찮은 것이었습니다. 일어서는 불길이며, 퍼져 나가는 연기, 불씨의 날아가는 양, 그 가운데 거뭇거

뭇 보이는 기둥, 집의 송장, 재재거리는 사람의 무리, 이런 것은 어떻게 생각하면 과연 시도 되며 음악도 될 것이었습니다. 옛날에 '네로'가 불붙는 것을 바라보면서 자기는 비파를 들고 노래를 했다는 것도 음악가의 견지로 보면 그다지 나무랄 것이 아니었습니다.

나도 그때에 그 불을 보고 차차 흥이 났습니다.

'네로를 본받아서 나도 즉흥으로 한 곡조 두드려 볼까.'

어렴풋이 이런 생각을 하며, 나는 그 불을 정신없이 바라보고 있었습니다.

그때였습니다. 갑자기 덜컥덜컥하는 소리가 들리더니 예배당 문이 열리며, 웬 젊은 사람이 하나 낭패한 듯이 뛰어들어왔습니다. 그리고 무엇에 놀란 사람같이 두리번두리번 사면을 살피더니, 그래도 내가 있는 것을 못 보았는지 저편에 있는 창 안에 가서 숨어 서서, 아래서 붙은 불을 내려다봅니다.

나도 꼼짝을 못 하였습니다. 좌우간 심상스런* 사람은 아니요, 방화범이나 도적으로밖에는 인정할 수 없지 않겠습니까? 그래서 꼼짝을 못 하고 서 있노라니까 그 사람은 한참 정신없이 서 있다가 한숨을 쉽니다. 그리고 맥없이 두 팔을 늘이우고 도로 나가려고 발을 떼려다가 자기 곁에 피아노가 놓인 것을 보더니, 교의를 끌어다 놓고 앞에 주저앉고 말겠지요. 나도 거기에

는 그만 직업적 흥미에 끌렸습니다. 그래서 무엇을 하나 보자 하고 있노라니까, 뚜껑을 열더니 한 번 뚱 하고 시험을 해보아요. 그리고 조금 있더니 다시 뚱뚱 하고 시험을 해보겠지요.

이때부터 그의 숨소리가 차차 높아 가기 시작했습니다. 씩씩거리며 몹시 흥분된 사람같이 몸을 떨다가 벼락같이 양손을 키 위에 갖다가 덮었습니다. 그 다음 순간 C 샤프 단음계의 알레그로가 시작되었습니다.

처음에는 다만 흥미로써 그의 모양을 엿보고 있던 나는 그 알레그로가 울려 나오는 순간 마음은 끝까지 긴장되고 흥분되었습니다.

그것은 순전한 야성적 음향이었습니다. 음악이라 하기에는 너무 힘있고 무기교(無技巧)였습니다. 그러나 음악이 아니라기에는 거기는 너무 괴롭고도 무겁고 힘있는 '감정'이 들어 있었습니다. 그것은 마치 야반*의 종소리와도 같이, 사람의 마음을 무겁고 음침하게 하는 음향인 동시에, 맹수의 부르짖음과 같이 사람으로 하여금 소름 돋치게 하는 무서운 감정의 발현이었습니다. 아아, 그 야성적 힘과 남성적 부르짖음, 그 아래 감추어 있는 침통한 주림과 아픔, 순박하고도 아무 기교가 없는 표현!

나는 털썩 그 자리에 주저앉고 말았습니다. 그리고 음악가의 본능으로써 뜻하지 않게 주머니에서 오선지와 연필을 꺼냈습니

다. 피아노의 울려 나아가는 소리에 따라서 나의 연필은 오선지 위에서 뛰놀았습니다. 등불도 없는지라, 손짐작으로.

—좀 급속도로 시작된 빈곤, 거기 연하여 주림, 꺼져 가는 불꽃과 같은 목숨, 그러한 것을 지나서 한참 연속되는 완서조*의 압축된 감정, 갑자기 튀어져 나오는 광포. 거기 연한 쾌미,* 홍소—이러하여 주화조*로서 탄주는 끝이 났습니다. 더구나 그 속에 나타나 있는 압축된 감정이며 주림, 또는 맹렬한 불길 등이 사람의 마음에 주는 그 처참함이며 광포성은 나로 하여금 아직 '문명'이라 하는 것의 은택*에 목욕해 보지 못한 야인을 연상케 하였습니다.

탄주가 다 끝난 뒤에도 나는 정신을 못 차리고 망연히 앉아 있었습니다. 물론 조금이라도 음악의 소양이 있는 사람일 것 같으면, 이제 그 소나타를 음악에 대하여 정통으로 아무러한 수양도 받지 못한 사람이, 다만 자기의 천재적 즉흥만으로 탄주한 것임을 알 것입니다. 해결도 없이 감칠도화현이며 증육도화현을 범벅으로 섞어 놓았으며 금칙인 병행오팔도까지 집어 넣은 것으로서, 더구나 스케르초*는 완전히 뽑아 먹은—대담하다면 대담하고 무식하다면 무식하달 수도 있는 자유 분방한 소나타였습니다.

이때에 문득 내 머리에 떠오른 것은, 삼십 년 전에 심장 마비로 죽은 백××였습니다. 그의 음악으로서, 만약 전통적 훈련만

뽑고 거기다가 야성을 더 집어 넣으면, 지금 내 눈앞에 있는 그 음악가의 것과 같은 것이 될 것이었습니다. 귀기가 사람을 엄습하는 듯한 그 힘과 방분스런 표현과 야성—이것은 근대 음악가에게 구하기 힘든 보물이었습니다.

그 소나타에 취하여 한참 정신이 어리둥절해 앉았던 나는 슬그머니 일어서서 그 피아노 앞에 가서 그의 어깨에 가만히 손을 얹었습니다. 한 곡조를 타고 나서 아주 곤한 듯이 정신이 없이 앉아 있던 그는 펄떡 놀라며 일어서서 내 얼굴을 보았습니다.

"자네 몇 살 났나?"

나는 그에게 이렇게 첫말을 물었습니다. 가슴이 답답한 나로서는 이런 말밖에는 갑자기 다른 말이 생각이 안 났습니다. 그는 높은 창에서 들어오는 달빛을 받고 있는 내 얼굴을 한순간 쳐다보고, 머리를 돌이키고 말았습니다.

"배 고프나?"

나는 두 번째 그에게 물었습니다.

그는 시끄러운 듯이 벌떡 일어섰습니다. 그리고 달빛이 비친 내 얼굴을 정면으로 바라보다가,

"아, K선생님 아니세요?"

하면서 나를 붙들었습니다. 그래서 그렇노라고 하니깐,

"사진으로는 늘 뵈었습니다마는……."

하면서 다시 맥없이 나를 놓으며 머리를 돌렸습니다.

그 순간—그가 머리를 돌이키는 순간, 달빛에 얼핏 나는 그의 얼굴을 처음으로 보았습니다. 그리고 나는 거기서 뜻밖에, 삼십 년 전에 죽은 벗 백××의 모습을 발견하였습니다.

"아, 자네 이름이 뭐인가?"

"백성수⋯⋯."

"백성수? 그 백××의 아들이 아닌가. 삼십 년 전에 자네가 나오기 전에 세상을 떠난⋯⋯."

그는 머리를 번쩍 들었습니다.

"네? 선생님 어떻게 아세요?"

"백××의 아들인가? 같이두 생겼다. 내가 자네의 어르신네와 동창이네. 아아— 역시 그 애비의 아들이다."

그는 한숨을 길게 쉬며 머리를 숙여 버렸습니다.

나는 그날 밤 그 백성수를 데리고 집으로 돌아왔습니다. 그리고 비록 작곡상 온갖 법칙에는 어그러진다 하나, 그만큼 힘과 정열과 열성으로 친 소나타를 그저 버리기가 아까와서 다시 한 번 피아노에 올라앉기를 명하였습니다. 아까 예배당에서 내가 베낀 것은 알레그로가 거의 끝난 곳부터였으므로 그전 것을 베끼기 위해서였습니다.

그는 피아노를 향해 앉아서 머리를 기울였습니다. 몇 번 손으로 키를 두드려 보다가는 다시 머리를 기울이고, 생각하고 하였습니다. 그러나 다섯 번, 여섯 번을 다시 해보았으나 아무 효과도 없었습니다. 피아노에서 울려 나오는 음향은 규칙 없고 되지 않은 한낱 소음에 지나지 못하였습니다. 야성? 힘? 귀기? 그런 것은 없었습니다. 감정의 재뿐이었습니다.

"선생님, 잘 안 됩니다."

그는 부끄러운 듯이 연하여 고개를 기울이며 이렇게 말하였습니다.

"두 시간도 못 돼서 벌써 잊어버린담?"

나는 그를 밀어 놓고 내가 대신하여 피아노 앞에 앉아서, 아까 베낀 그 음보를 펴 놓았습니다. 그리고 내가 베낀 곳부터 타기 시작하였습니다.

화염! 화염, 빈곤, 주림, 야성적 힘, 기괴한 감금당한 감정! 음보를 보면서 타던 나는 스스로 흥분이 되었습니다. 미상불* 그때는, 내 눈은 미친 사람같이 번뜩였으며 얼굴은 흥분으로 새빨갛게 되었을 것이었습니다.

즉, 그때에 그가 갑자기 달려들더니 나를 떠밀쳐 버렸습니다. 그리고 자기가 대신하여 앉았습니다.

의자에서 떨어진 나는, 너무 흥분되어 다시 일어날 힘도 없이

그 자리에 앉은 대로 그의 모습을 쳐다보았습니다. 그는 나를 밀쳐 버린 다음에 그 음보를 들고서 읽기 시작하였습니다. 아아 그의 얼굴! 그의 숨소리가 차차 높아지면서 눈은 미친 사람과 같이 빛을 내기 시작하였습니다. 그러더니 그 음보를 홱 내던지며 문득 벼락같이 그의 두 손은 피아노 위에 덮쳤습니다.

'C 샤프 단음계'의 광포스런 소나타는 다시 시작되었습니다. 폭풍우같이, 또는 무서운 물결같이 사람으로 하여금 숨막히게 하는 그 힘, ―그것은 베토벤 이래로 근대 음악가에서 보지 못하던 광포스러운 야성이었습니다.

무섭고도 참담스런 주림, 빈곤, 압축된 감정, 거기서 튀어져 나온 맹염(猛炎), 공포, 홍소―아아, 나는 너무 숨이 답답하여 뜻하지 않고 두 손을 홱 내저었습니다.

그날 밤이 새도록 그는 흥분이 되어서 자기의 과거를 일일이 다 이야기하였습니다. 그 이야기에 의지하면 대략 그의 경력은 이러하였습니다.

―그의 어머니는 그를 밴 뒤에 곧 자기의 친정에서 쫓겨 나왔습니다.

그때부터 그의 가난함은 시작되었습니다.

그러나 교양이 있고 어진 그의 어머니는 품팔이를 할지언정 성

수는 곱게 길렀습니다. 변변치는 않으나마 오르간 하나를 준비해 두고, 그가 잠자려 할 때에는 슈베르트의 〈자장가〉로써 그의 잠을 도왔으며, 아침에 깰 때는 하루 종일을 유쾌히 지내게 하기 위하여 도랜드의 〈세컨드 왈츠〉로써 그의 원기를 돋구었습니다.

그는 세 살 났을 적에 어머니의 품에 안겨서 오르간을 장난해 보았습니다. 이 오르간을 장난하는 것을 본 어머니는 근근이 돈을 모아서 그가 여섯 살 나는 해에 피아노를 하나 샀습니다.

아침에는 새 소리, 바람에 버석거리는 포플라 잎, 어머니의 사랑, 부엌에서 국 끓는 소리, 이러한 모든 것이 이 소년에게는 신비스럽고도 다정스러워, 그는 피아노를 향해 앉아서 생각나는 대로 키를 두드리곤 하였습니다.

이러한 가운데 고이* 소학과 중학도 마쳤습니다. 그러는 동안에 음악에 대한 동경은 그의 가슴에 터질 듯이 쌓였습니다.

중학을 졸업한 뒤에는 이젠 어머니를 위하여 그는 학업을 중지하지 않을 수가 없었습니다. 그는 어떤 공장의 직공이 되었습니다. 그러나 어진 어머니의 교육 아래서 자라난 그는 비록 직공은 되었다 하나 아주 온량한 사람이었습니다.

그리고 음악에 대한 집착은 조금도 줄지 않았습니다. 비록 돈이 없어서 정식으로 음악 교육은 못 받을망정 거리에서 손님을 끄느라고 틀어 놓은 유성기 앞이며, 또는 일요일날 예배당에서

찬양대의 노래에 젊은 가슴을 뛰놀리던 그였습니다. 집에서는 피아노 앞을 떠나 본 일이 없었습니다.

때때로 비상한 감흥으로 오선지를 내놓고 음보를 그려 본 적도 한두 번이 아니었습니다. 그러나 이상한 것은, 그만큼 뛰놀던 열정과 터질 듯한 감격도 음보를 그려 놓으면 아무 긴장도 없는 싱거운 음계가 되어 버리곤 하였습니다. 왜? 그만큼 천분이 있고 그만큼 열정이 있던 그에게서, 왜 그런 재*와 같은 음악만 나왔느냐고 물으실 테지요. 거기에 대해서는 이따가 설명하리다.

감격과 불만, 열정과 재—비상한 흥분에 반비례되는 시원치 않은 결과, 이러한 불만의 십 년이 지났습니다.

그의 어머니는 문득 몹쓸 병에 걸렸습니다.

자양*과 약값, 그의 몇 해를 근근히 모았던 돈은 차차 줄기 시작하였습니다. 조금이라도 안락한 생활이 되기만 하면, 정식으로 음악에 대한 교육을 받으려고 모아 두었던 저금은 그의 어머니의 병에 다 들어갔습니다. 그러나 그의 어머니의 병은 차도가 보이지 않았습니다.

그리하여 그와 내가 그 예배당에서 만나기 전에 여름 어떤 날, 그의 어머니는 도저히 회복할 가망이 없는 중태에까지 빠지게 되었습니다. 그러나 그때는 벌써 그에게는 돈이라고는 다 떨어

진 때였습니다.

그날 아침, 그는 위독한 어머니를 버려 두고 역시 공장에 갔습니다. 그러나 아무리 해도 마음이 놓이지 않아서, 일을 중도에 그만두고 집으로 돌아왔습니다. 그때는 어머니는 벌써 혼수 상태에 빠져 있었습니다. 가슴이 덜컥 내려앉은 그는 황급히 다시 뛰어나갔습니다. 그러나 어디로? 무얼 하러? 뜻없이 뛰어나와서 한참 달음박질하다가 그는 문득 정신을 차리고 의사라도 청할 양으로 힐끔 돌아섰습니다.

그때였습니다. 아까 내가 말한 바 '기회'라는 것이 그때에 그의 앞에 나타났습니다. 그것은 조그만 담배가게 앞이었는데, 가게와 안방과의 사이의 문은 닫혀 있고 안에는 미상불 사람이 있을지나 가게를 보는 사람이 눈에 안 띄었습니다. 그리고 그 담배 상자 위에는 오십 전짜리 은전 한 닢과 동전 몇 닢이 놓여 있었습니다.

그는 자기로서도 무엇을 하는지 몰랐습니다. 의사를 청하여 오려면 다만 몇십 전이라도 돈이 있어야겠단 어렴풋한 생각만 가지고 있던 그는 한번 사면을 살핀 뒤에 벼락같이 그 돈을 쥐고 달아났습니다.

그러나 그는 이십 간도 뛰지 못하여 따라오는 그 집 사람에게 붙들렸습니다.

　그는 몇 번을 사정하였습니다. 마지막에는 자기의 어머니가 명재경각*이니 한 시간만 놓아 주면 의사를 어머니에게 보내고 다시 오마고까지 하여 보았습니다. 그러나 그런 말은 모두 헛소리로 돌아가고, 그는 마침내 경찰서로 가게 되었습니다.

　경찰서에서 재판소로, 재판소에서 감옥으로, ─이러한 여섯 달 동안에 그는 이를 갈면서 분해하였습니다. 자기 어머니의 운명이 어찌 되었나. 그는 손과 발을 동동 구르면서 안타까워했습니다. 만약 세상을 떠났다 하면, 떠나는 순간에 얼마나 자기를 찾았겠습니까. 임종에도 물 한잔 떠 넣어 줄 사람이 없는 어머니였습니다. 애타하는 그 모양, 목말라하는 그 모양을 생각하고는, 그 어머니에게 지지 않게 자기도 애타하고 목말라했습니다.

　반 년 뒤에 겨우 광명한 세상에 나와서 자기의 오막살이를 찾아가매, 거기는 벌써 다른 사람이 들어 있었으며, 어머니는 반 년 전에 아들을 찾으며 길에까지 기어 나와서 죽었다 합니다.

　공동 묘지를 가 보았으나 분묘*조차 발견할 수가 없었습니다.

　이리하여 갈 곳이 없이 헤매던 그는, 그날도 역시 갈 곳을 찾으러 헤매다가 그 예배당(나하고 만난)까지 뛰쳐들어온 것이었습니다.

　─여기까지 이야기해 오던 K씨는 문득 말을 끊었다. 그리고

마도로스 파이프를 꺼내어 담배를 피워 가지고 빨면서 모씨에게 향하였다─.

"선생은 어제 내가 이야기한 가운데서 모순된 점을 발견하지 못하셨습니까?"

"글쎄요."

"그럼 내가 대신 물으리다. 백성수는 그만큼 천분이 많은 음악가였었는데, 왜 그 〈광염 소나타〉(그날 밤의 그 소나타를 '광염 소나타'라고 그랬습니다)를 짓기 전에는 그만큼 흥분되고 긴장됐다가도 일단 그 음보로 만들어 놓으면 아주 힘없는 것이 되어 버리고 했겠습니까?"

"그거야 미상불 그때의 흥분이 〈광염 소나타〉를 지을 때의 흥분만 못한 연고*겠지요?"

"그렇게 해석하세요? 듣고 보니 그것도 한 해석이 되기는 합니다. 그러나 나는 그렇게 해석 안 하는데요."

"그럼, K씨는 어떻게 해석하십니까?"

"나는─ 아니, 내 해석을 말하는 것보다, 그 백성수한테서 내게로 온 편지가 한 통 있는데 그것을 보여 드리리다. 선생은 오늘 바쁘시지 않으세요?"

"일은 없습니다."

"그러면 우리 집까지 잠깐 같이 가 보실까요?"

"가지요."

두 노인은 일어섰다.

도회와 교외의 경계에 딸린 K씨의 집에까지 두 노인이 이른 때는 오후 너덧 시쯤이었다.

두 노인은 K씨의 서재에 마주 앉았다.

"이것이 이삼 일 전에 백성수한테서 내게로 온 편지인데 읽어 보세요."

K씨는 서랍에서 커다란 편지 뭉치를 꺼내어, 모씨에게 주었다. 모씨는 그것을 받아서 폈다.

"가만, 여기서부터 보세요. 그 전에는 쓸데없는 인사이니까."

―(전략) 그리하여 그날도 또한 이제 밤을 지낼 집을 구하느라고 돌아다니던 저는, 우연히 그 집(제가 전에 돈 오십여 전을 훔친 집) 앞에까지 이르렀습니다. 깊은 밤 사면은 고요한데 그 집 앞에서 갈 곳을 구하느라고 헤매던 저는, 문득 마음속에 무서운 복수의 생각이 일어났습니다. 이 집만 아니었다면, 이 집주인이 조금만 인정이라는 것을 알았다면, 저는 그 불쌍한 제 어머니가 길에까지 기어 나와서 세상을 떠나게 하지는 않았겠습니다. 분묘가 어디인지조차 알지 못하여, 꽃 한 번 갖다가 꽂아 보지 못한 이러한 불효도 이 집 때문이외다. 이러한 생각에 참지를 못

하여 그 집 앞에 가려 있는 볏짚에다가 불을 놓았습니다. 그리고 거기 서서 불이 집으로 옮아 가는 것을 다 본 뒤에 갑자기 무서운 생각이 나서 달아났습니다.

좀 달아나다 보매, 아래서는 벌써 사람이 꾀어 들기 시작한 모양인데 이때에 저의 머리에 타오르는 생각은 통쾌하다는 생각과 달아나려는 생각뿐이었습니다. 그리하여 저는 몸을 숨기기 위하여, 앞에 보이는 예배당으로 뛰어들어갔습니다.

거기서 불이 다 타도록 구경을 한 뒤에 나오려다가 피아노를 보고…….

"이보세요."

K씨는 편지를 보는 모씨를 찾았다.

"비상한 열정과 감격은 있어두, 그것이 그대로 표현 안 된 것은 그것 때문이었습니다. 즉 성수의 어머니는 몹시 어진 사람으로서, 어렸을 때부터 성수의 교육을 몹시 힘을 들여서 착한 사람이 되도록, 착한 사람이 되도록 이렇게 길렀습니다그려. 그 어진 교육 때문에 그가 하늘에서 타고난 광포성과 야성이 표면상에 나타나지를 못하였습니다. 그 타오르는 야성적 열정과 힘이 음보로 그려 놓으면 아주 힘없는, 말하자면 김 빠진 술같이 되고 하는 것이 모두 그 때문이었습니다그려. 점잖고 어진 교훈

이 그의 천분을 못 발휘하게 한 셈이지요."

"흠!"

"그것이, 그 사람—성수가, 감옥 생활을 한 동안에 한 번 씻기기는 하였으나, 그러나 사람의 교양이라 하는 것은 온전히 씻지는 못하는 것이외다. 그러다가 그 '원수'의 집 앞에서 갑자기, 말하자면 돌발적으로 야성과 광포성이 나타나서 불을 놓고 예배당 안에 숨어 서서 그 야성적 광포적 쾌미를 한껏 즐긴 다음에, 그에게서 폭발하여 나온 것이, 그 〈광염 소나타〉였구려. 일어서는 불길, 사람의 비명, 온갖 것을 무시하고 퍼져 나가는 불의 세력—이런 것은 사실 야성적 쾌미 가운데 으뜸이 되는 것이니깐요."

"……."

"아셨습니까? 그러면 그 다음에 그 편지의 여기부터 또 보세요."

—(중략) 저는 그날의 일이 아직 눈앞에 어리는 듯하외다. 선생님이 저를 세상에 소개하시기 위하여, 늙으신 몸이 몸소 피아노에 앉으셔서, 초대한 여러 음악가들 앞에서 제 〈광염 소나타〉를 탄주하시던 그 광경은 지금 생각하여도 제 눈에서 눈물이 나오려 합니다. 그때에 그 손님 가운데 부인 손님 두 분이 기절을

한 것은 결코 〈광염 소나타〉의 힘뿐이 아니고, 선생님의 그 탄주의 힘이 많이 섞인 것을 뉘라서 부인하겠습니까? 그 뒤에 여러 사람 앞에 저를 내세우고,

"이 사람이 〈광염 소나타〉의 작자이며, 삼십 년 전에 우리를 버려 두고 혼자 간 일대의 귀재 백××의 아들이외다."

그 소개를 해주신 그때의 그 감격은 제 일생에 어찌 잊사오리까.

그 뒤에 선생님께서 저를 위하여 꾸며 주신 방도 또한 제 마음에 가장 맞는 방이었습니다. 널따란 북향 방에, 동남쪽 귀에 든든한 참나무 침대가 하나, 서북쪽 귀에 아무 장식 없는 참나무 책상과 의자, 피아노가 하나씩, 그 밖에는 방 안에 장식이라고는 서남쪽 벽에 커다란 거울이 하나 있을 뿐, 덩그렇게 넓은 방은 사실 밤에 전등 아래 앉아 있노라면 저절로 소름이 끼치도록 무시무시한 방이었습니다. 게다가 방 안은 모두 검은 칠을 하고, 창 밖에는 늙은 홰나무의 고목이 한 그루 서 있는 것도 과연 귀기가 돌았습니다. 이러한 가운데서 선생님은 저로 하여금 방분스러운 음악을 낳도록 애써 주셨습니다.

저도 그런 환경 아래서 좋은 음악을 낳아 보려고 얼마나 애를 썼겠습니까. 어떤 날 선생님께 작곡에 대한 계통적 훈련을 원할 때에 선생님은 이렇게 대답하였습니다.

"자네에게는 그러한 교육이 필요가 없어. 마음대로 나오는 대로 하게. 자네 같은 사람에게 계통적 훈련이 들어가면 자네의 음악은 기계화해 버리고 말아. 마음대로 온갖 규칙과 규범을 무시하고 가슴에서 터져 나오는 대로……."

저는 이 말씀의 뜻을 똑똑히는 몰랐습니다. 그러나 대략 의미만은 통하였습니다. 그리하여 저는 마음대로 한껏 자유스러운 음악의 경지를 개척하려 하였습니다.

그러나 그 동안에 제가 산출한 음악은 모두 이상히도 저의 이전(제 어머니가 아직 살아 계실 때)의 것과 마찬가지로 아무러한 힘도 없는 음향의 유희에 지나지 못하였습니다.

저는 얼마나 초조하였겠습니까. 때때로 선생님께서 채근 비슷이 하시는 말씀은 저로 하여금 더욱 초조하게 하였습니다. 그리고 마음이 초조하면 초조할수록, 제게서 생겨나는 음악은 더욱 나약한 것이 되었습니다.

저는 때때로 그 불붙던 광경을 생각하여 보았습니다. 그리고 그때의 통쾌하던 감정을 되풀이해 보려 하였습니다. 그러나 그것 역시 실패로 돌아갔습니다.

때때로 비상한 열정으로 음보를 그려 놓은 뒤에, 몇 시간을 지나서 다시 한 번 읽어 보면, 거기는 아무 힘도 없는 개념만 있곤 하였습니다.

저의 마음은 차차 무거워지기 시작하였습니다. 그리고 큰 기대를 가지고 계신 선생님께도 미안하기가 짝이 없었습니다.

"음악은 공예품과 달라서, 마음대로 만들고 싶은 때에 되는 것이 아니니, 마음놓고 천천히 감흥이 생긴 때에……."

이러한 선생님의 위로의 말씀을 듣기가 제 삶을 깎아내는 듯하였습니다. 그러나 제 마음상은, 이제는 제게서 다시 힘있는 음악이 나올 기회가 없는 것 같이만 생각되었습니다.

이러는 동안에 무위의 몇 달이 지났습니다.

어떤 날 밤중, 가슴이 너무 무겁고 가슴속에 무엇이 가득 찬 것 같이 거북해서 저는 산보를 나섰습니다. 무거운 머리와 무거운 가슴과 무거운 다리를 지향 없이 옮기면서 돌아다니다가, 저는 어떤 곳에서 커다란 볏짚 낟가리를 발견하였습니다.

이때의 저의 심리를 어떻게 형용했으면 좋을지 저는 모르겠습니다. 저는 무슨 무서운 적을 만난 것같이 긴장되고 흥분되었습니다. 저는 사면을 한 번 살펴보고 그 낟가리에 달려가서 불을 그어 놓았습니다. 그리고 갑자기 무서움증이 생겨서 돌아서서 달아나가다, 멀찍이까지 달아나서 돌아보니까, 불길은 벌써 하늘을 찌를 듯이 일어났습니다. 왁, 왁, 꺄, 꺄, 사람들의 부르짖는 소리도 들렸습니다.

저는 다시 그곳까지 가서, 그 무서운 불길에 날아 올라가는 볏

짚이며, 그 낟가리에 연달아 있는 집을 헐어내는 광경을 구경하다가 문득 흥분되어서 집으로 돌아왔습니다.

그날 밤에 된 것이 〈성난 파도〉였습니다.

그 뒤에 이 도회에서 일어난 알지 못할 몇 가지의 불은 모두 제가 질러 놓은 것이었습니다. 그리고 불이 있던 날 밤마다 저는 한 가지의 음악을 얻었습니다. 며칠을 연하여 가슴이 몹시 무겁다가, 그것이 마침내 식체*와 같이 거북하고 답답하게 되는 때는 저는 뜻 없이 거리를 나갑니다. 그리고 그러한 날은 한 가지의 방화 사건이 생겨나며, 그날 밤에는 한 곡의 음악이 생겨났습니다.

그러나 그것도 번수가 차차 많아 갈 동안, 저의 그 불에 대한 흥분은 반비례로 줄어졌습니다. 온갖 것을 용서하지 않는 불꽃의 잔혹함도 그다지 제 마음을 긴장시키지 못하였습니다.

"차차 힘이 적어져 가네."

선생님께서 제 음악을 보시고 이렇게 말씀하신 것이 그러한 때였습니다.

그러나 저는 게서 더할 도리가 없었습니다. 하는 수 없이 저는 한동안 음악을 온전히 잊어버린 듯이 내버려 두었습니다.

모씨가 성수의 편지를 여기까지 읽었을 때, K씨가 찾았다.

"재작년 봄에서 가을에 걸쳐서 원인 모를 불이 많지 않았습니까? 그것이 모두 성수의 장난이었습니다그려."

"K씨는 그것을 온전히 모르셨습니까?"

"나요? 몰랐지요. 그런데—그 어떤 날 밤이구려. 성수는 기대에 반해서 우리 집으로 온 지 여러 달이 됐지만, 한번도 힘있는 것을 지어 본 일이 없겠지요. 그래서 저 사람에게 무슨 흥분될 재료를 줄 수가 없나 하고 혼자 생각하며 있더랬는데, 그때에 저—편—."

K씨는 손을 들어 남쪽 창을 가리켰다.

"저어편 꽤 멀리서, 불붙는 것이 눈에 뜨입디다그려. 그래 저것을 성수에게 보이면, 혹 그때의 감정(그때는 나는 그 담배 장수네 집에 불이 일어난 것도 성수의 장난인 줄은 생각 안 했구료)—그때의 감정을 부활시킬지도 모르겠다. 이렇게 생각하구 성수의 방으로 올라가려는데, 문득 성수의 방에서 피아노 소리가 울려 나옵디다그려. 나는 올라가려던 발을 부지중* 멈추고 말았지요. 역시 C 샤프 단음계로서, 제 일 곡은 뽑아 먹고 '아다지오'에서 시작되는데, 고요하고 잔잔한 바다, 수평선 위로 넘어가려는 저녁 해, 이러한 온화한 것이 차차 '스케르초'로 들어가서는 소낙비, 풍랑, 번개질, 무서운 바람 소리, 우레질, 전복되는 배, 곤해서 물에 떨어지는 갈매기, 한 번 뒤집어지면서는 해일(海溢)에

쏠려 나가는 동네 사람의 부르짖음—흥분에서 흥분, 광포에서 광포, 야성에서 야성, 온갖 공포와 포악한 광경이 눈앞에 어릿거리는데, 이 늙은 내가 그만 흥분에 못 견디어, 뜻하지 않고 '그만둬 달라'고 고함친 것만으로도 짐작하시겠지요. 그리고 올라가서 보니까, 그는 탄주를 끝내 버리곤 피곤한 듯이 피아노에 기대어 앉아 있고, 이제 탄주한 것은 벌써 〈성난 파도〉라는 제목 아래 음보로 되어 있습디다."

"그러면 성수는 불을 두 번 놓고, 두 음악을 낳았다는 말씀이지요?"

"그렇지요. 그리고 그 뒤부터는 한 십여 일 건너서는 하나씩 지었는데, 그것이 지금 보면, 한 가지의 방화 사건이 생길 때마다 생겨난 것이었습니다. 그러나 그의 편지마따나, 얼마 지나서부터는 차차 그 힘과 야성이 적어지기 시작했지요. 그래서……."

"가만 계십쇼. 그 사람이 다음에도 〈피의 선율〉이나 그 밖에 유명한 곡조를 여러 개 만들지 않았습니까?"

"글쎄 말이외다. 거기 대한 설명은, 그 편지를 또 보십쇼. — 여기서부터 또 보시면 알리다."

—(중략) ××다리 아래에서 나오려는데, 무엇이 발길에 채이

는 것이 있었습니다. 성냥을 그어 가지고 보니깐, 그것은 웬 늙은이의 송장이었습니다. 저는 그것이 무서워서 달아나려다가, 돌아서려던 발을 다시 돌이켰습니다. 그리고—.

선생님은 이제 제가 쓰는 일을 이해하여 주실는지요. 그것은 너무나도 기괴한 일이라 저로서도 믿어지지 않는 일이었습니다. 저는 그 송장을 타고 앉았습니다. 그리고 그 송장의 옷을 모두 찢어서 사면으로 내어 던진 뒤에, 그 발가벗은 송장을 (제 힘이라 생각되지 않는) 무서운 힘으로써 쳐들어서, 저편으로 내던졌습니다. 그런 뒤에는, 마치 고양이가 알을 가지고 놀 듯, 다시 뛰어가서 그 송장을 들어서 도로 이편으로 던졌습니다. 이렇게 몇 번을 하여 머리가 깨어지고, 배가 터지고—그 송장은 보기에도 참혹하게 되었습니다. 그리하여 그 송장을 다시 만질 곳이 없이 된 뒤에 저는 그만 곤하여 그 자리에 앉아서 쉬려다가 갑자기 마음이 긴장되고 흥분되어서 집으로 달려왔습니다. 그날 밤에 된 것이 〈피의 선율〉이었습니다.

"선생은 이러한 심리를 아시겠습니까?"

"글쎄요."

"아마, 모르실걸요. 그러나 예술가로서는 능히 머리를 끄덕일 수 있는 심리외다. —그리고 또 여기를 읽어 보십시오."

　—(중략) 그 여자가 죽었다는 것은, 제게는 너무도 뜻밖이었습니다.

　저는 그날 밤 혼자 몰래 그 여자의 무덤을 찾아갔습니다. 그리고 칠팔 시간 전에 묻어 놓은 그의 무덤의 흙을 다시 파서 그의 시체를 꺼내어 놓았습니다.

　푸르른 달빛 아래 누워 있는 아름다운 그의 모양은 과연 선녀와 같았습니다. 가엾게 눈을 닫고 있는 창백한 얼굴, 곧은 콧날, 풀어 헤친 검은 머리—아무 표정도 없는 고요한 얼굴은 더욱 처연*함을 도왔습니다. 그것을 정신없이 들여다보고 있다가 저는 갑자기 흥분이 되어—아아 선생님, 저는 이 아래를 쓸 용기가 없습니다. 재판소의 조서를 보시면, 저절로 아실 것이올시다.

　그날 밤에 된 것이 〈사령(死靈)〉이었습니다.

　"어떻습니까?"
　"……."
　"네?"
　"언어 도단이에요? 선생의 눈으로는 그렇게 뵈시리다. 또 여기를 읽어 보십쇼."
　—(중략) 이리하여 저는 마침내 사람을 죽인다 하는 경우에까

지 이르렀습니다.

그리고 한 사람이 죽을 때마다 한 개의 음악이 생겨났습니다. 그 뒤부터 제가 지은 그 모든 것은, 모두가 한 사람씩의 생명을 대표하는 것이었습니다. (하략)

"이젠 더 보실 것이 없습니다. 그런데 그만큼 보셨으면 성수에 대한 대략한 일은 아셨을 텐데, 거기에 대한 의견이 어떻습니까?"

"……"

"네?"

"어떤 의견 말씀이십니까?"

"어떤 '기회'라는 것이 어떤 사람에게서, 그 사람이 가지고 있는 천재와 함께 '범죄 본능'까지 끌어내었다 하면, 우리는 그 '기회'를 저주해야겠습니까. 혹은 축복해야겠습니까? 이 성수의 일로 말하자면 방화, 사체 모욕, 시간, 살인, 온갖 죄를 다 범했어요. 우리 예술가협회에서 별 수단을 다 써서 정부에 탄원하고 재판소에 탄원하고 해서, 겨우 성수를 정신병자라 하는 명목 아래 정신 병원에 감금했지, 그렇지 않으면 당장에 사형이 아닙니까? 그런데 이제 그 편지를 보셔도 짐작하시겠지만, 통상시*에는 그 사람은 아주 명민하고 점잖고 온화한 청년입니다. 그러

나 때때로 그—뭐랄까, 그 흥분 때문에 눈이 아득해져서 무서운 죄를 범하고, 그 죄를 범한 다음에는 훌륭한 예술을 하나씩 산출합니다. 이런 경우에 우리는 범죄를 밉게 보아야 합니까, 혹은 그 범죄 때문에 생겨난 예술을 보아서 죄를 용서해야 합니까?"

"그거야, 죄를 범치 않고 예술을 만들어냈으면 더 좋지 않습니까?"

"물론이지요. 그러나 성수 같은 사람도 있는 것이니깐 이런 경우엔 어떻게 해결하렵니까?"

"죄를 벌해야지요. 죄악이 성하는 것을 그냥 볼 수는 없습니다."

K씨는 머리를 끄덕였다.

"그렇겠습니다. 그러나 우리 예술가의 견지로는 또 이렇게 볼 수도 있습니다. 베토벤 이후로는 음악이라 하는 것이 차차 힘이 빠져 가서, 꽃이나 계집이나 찬미할 줄 알고 연애나 칭송할 줄 알아서, 선이 굵은 것은 볼 수가 없게 되었습니다. 게다가 엄정한 작곡법이 있어서, 그것은 마치 수학의 방정식과 같이 작곡에 대한 온갖 자유로운 경지를 제한해 놓았으니깐, 이후에 생겨나는 음악은 새로운 길을 개척하기 전에는 한 기술이 될 것이지 예술이 될 수는 없습니다. 예술가에게는 이것이 쓸쓸해요. 힘있

는 예술, 선이 굵은 예술, 야성으로 충일*된 예술―우리는 이것을 기다린 지 오래되었습니다. 그럴 때에 백성수가 나타났습니다. 사실 말이지 백성수의 그의 예술은 그 하나하나가 모두 우리의 문화를 영구히 빛낼 보물입니다. 우리의 문화의 기념탑입니다. 방화? 살인? 변변치 않은 집 개, 변변치 않은 사람 개는 그의 예술의 하나가 산출되는 데 희생하라면 결코 아깝지 않습니다. 천 년에 한 번, 만 년에 한 번 나올지 못 나올지 모르는 큰 천재를, 몇 개의 변변치 않은 범죄를 구실로 이 세상에서 없애 버린다 하는 것이 더 큰 죄악이 아닐까요? 적어도 우리 예술가에게는 그렇게 생각됩니다.”

K씨는 마주 앉은 노인에게서 편지를 받아서 서랍에 집어 넣었다. 새빨간 저녁 해에 비쳐서 그의 늙은 눈에는 눈물이 번득였다.

발가락이 닮았다

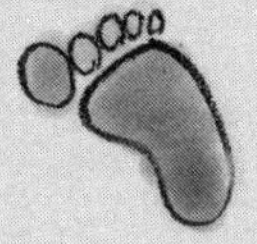

　　　　　M은 강보(포대기)를 들치고 어린 애의 발을 가만히 꺼내어 놓았습니다. "이놈의 발가락 보게. 꼭 내 발가락 아닌가. 닮았거든……." M은 열심으로 찬성을 구하듯이 내 얼굴을 바라보았습니다. 얼마나 닮은 곳을 찾아보았기에 발가락 닮은 것을 찾아내었겠습니까? 나는 M의 마음과 노력에 눈물겨워졌습니다. 커다란 의혹 가운데서 그 의혹을 어떻게 하여서든 삭여 보려는 M의 노력은 인생의 가장 요절할 비극이었습니다.

발가락이 닮았다

노총각 M이 혼약*을 하였다—.

우리들은 이 소식을 들을 때에 뜻하지 않고 서로 얼굴을 마주 보았습니다.

M은 서른두 살이었습니다. 세태가 갑자기 변하면서, 혹은 경제 문제 때문에, 혹은 적당한 배우자가 발견되지 않기 때문에, 혹은 단지 조혼*이라 하는 데 대한 반항심 때문에 늦도록 총각으로 지내는 사람이 많아 가기는 하지만, 서른두 살의 총각은 아무리 생각해도 좀 너무 늦은 감이 없지 않았습니다. 그래서 그의 친구들은 아직껏 기회가 있을 때마다 그에게 채근* 비슷이 결혼에 대한 주의를 하곤 하였습니다. 그러나 M은 언제나 그런 의논을 받을 때마다 (속으로는 매우 흥미를 가진 것이 분명한데) 겉으로는 고소*로써 친구들의 말을 거절하곤 하였습니다. 그러던 M이 우리가 모르는 틈에 어느덧 혼약을 한 것이외다.

M은 가난하였습니다. 매우 불안정한 어떤 회사의 월급쟁이였습니다. 이 뿌리 약한 그의 경제 상태가 그로 하여금 늦도록 총각으로 지내게 한 듯도 합니다. 그리고 이 때문에 친구들은 M의 총각 생활을 애석히 생각하여 장가들기를 권하는 것이었습니다.

그러나 나만은 M이 장가를 가지 않는 데 다른 종류의 해석을 내리고 있었습니다. 의사라는 나의 직업이 발견한 M의 육체적

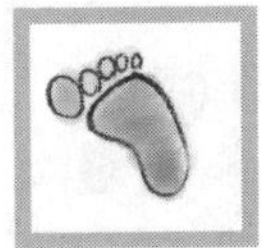

인 결함—이것 때문에 M은 서른이 넘도록 총각으로 지낸다, 나는 이렇게 믿고 있었습니다.

M은 학생 시절부터 대단한 방탕 생활을 하였습니다. 방탕이라야 금전상의 여유가 부족한 그는 가장 하류에 속하는 방탕을 하였습니다. 오십 전 혹은 일 원만 생기면 즉시로 우동집이나 유곽*으로 달려가던 그였습니다. 체질상 성욕이 강한 그는 그 불붙는 정욕을 끄기 위하여 눈앞에 닥치는 기회는 한 번도 놓치지 않았습니다. 친구들을 만날지라도 음식을 한턱 하라기보다 유곽을 한턱 하라는 그였습니다.

"질(質)로는 모르지만 양(量)으로는 세계의 누구에게든 그다지 지지 않을 테다."

관계한 여인의 수효에 대하여 이렇게 방언*하기를 주저치 않으리만치 그는 선택이라는 도정*을 밟지 않고 집어세었습니다.* 스물서너 살에 벌써 이백 명은 넘으리라는 것을 발표하였습니다. 서른 살 때는 벌써 괴승* 신돈이를 멀리 눈 아래로 굽어보았을 것입니다. 그런지라 온갖 성병을 경험하지 못한 것이 없었습니다. 더구나 술이 억배*요, 그 위에 유달리 성욕이 강한 그는 성병에 걸린 동안도 결코 삼가지를 않았습니다. 일 년 삼백육십여 일, 그에게서 성병이 떠나 본 적이 없었습니다. 늘 농(고름)이 흐르고 한 달 건너큼 고환염*으로서, 걸음걸이도 거북스러운

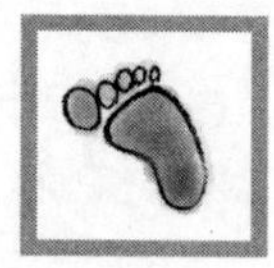

꼴을 해가지고 나한테 주사를 맞으러 오곤 하였습니다. 그러는 동안에도 오십 전, 혹은 일 원만 생기면 또한 성행위를 합니다. 이런지라, 물론 그는 생식 능력이 없어진 사람이었습니다.

이 일을 잘 아는 나는 M이 결혼을 안 하는 이유를 여기다가 연결시켜 가지고, 그의 도덕심(?)에 동정까지 하고 있었습니다. 일생을 빈곤한 가운데서 보내고, 늙은 뒤에도 슬하*도 없이 쓸쓸하게 지낼 그, 더구나 자기를 봉양할 슬하가 없기 때문에 백발이 되도록 제 손으로 이 고해*를 헤엄쳐 나갈 그는, 과연 한 가련한 존재이겠습니다.

이렇던 M이 어느덧 우리가 모르는 틈에 우물우물 혼약을 한 것이외다.

하기는 며칠 전에 이런 일이 있었습니다. 그날 저녁을 먹은 뒤에 혼자서 신간 치료 보고서를 읽고 있을 때에 M이 찾아왔습니다. 그리고 비교적 어두운 얼굴로 내가 묻는 이야기에도 그다지 시원치 않은 듯이 입술엣대답을 억지로 하고 있다가 이런 질문을 나에게 던졌습니다.

"남자가 매독*을 앓으면 생식을 못 하나?"

"괜찮겠지."

"임질*은?"

"글쎄, 고환을 오까사레루*하지 않으면 괜찮아."

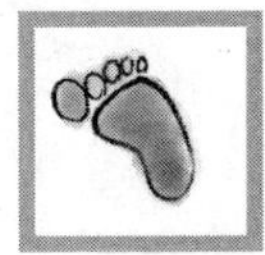

"고환은—내 친구 가운데 고환염을 앓은 사람이 있는데, 인제는 생식을 못 하겠다고 비관이 여간이 아니야. 고환을 오까사레루하면 절대 불가능인가? 양쪽 다 앓았다는데……."

"그것도 경하게* 앓았으면 영향 없겠지."

"가령 그 경하다치면—내가 앓은 게 그게 경한 편일까? 중한 편일까?"

나는 뜻하지 않고 그의 얼굴을 보았습니다. 중하기도 그만치 중하게 앓은 뒤에, 지금 그게 경한 거냐 중한 거냐 묻는 것이 농담으로밖에는 들리지 않았으므로……. M의 얼굴은 역시 무겁고 어두웠습니다. 무슨 중대한 선고를 기다리는 사람과 같이 눈을 푹 내리뜨고 나의 대답을 기다리고 있었습니다. 잠시 그의 얼굴을 바라본 뒤에 나는 어이가 없어서,

"아주 경한 편이지."

이렇게 대답해 버렸습니다.

"경한 편?"

"그럼."

이리하여 작별을 하였는데, 지금에 이르러 생각하면 그 저녁의 그 문답이 오늘날의 그의 혼약을 이루게 하지 않았는가 합니다.

M이 혼약을 하였다는 기보*를 가지고 온 것은 T라는 친구였

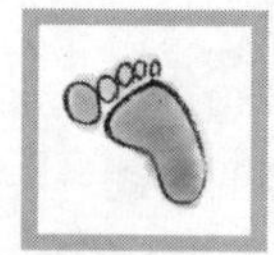

습니다. 그때는 마침 (다 M을 아는) 친구가 너덧 사람 모여 있을 때였습니다.

"골동(骨董)—국보 하나 없어졌다."

누가 이런 비평을 가하였습니다. 나는 T에게 이렇게 물었습니다.

"그래 연애로 혼약이 된 셈인가요?"

"연애? 연애가 다 무에요? 갈보* 나까이*밖에는 여자라는 걸 모르는 녀석이 어디서 연애의 대상을 구하겠소?"

"그럼 지참금이라도 있답디까?"

"지참금이란 뉘 집 애 이름이오?"

나는 여기서 이 혼약에 대하여 가장 불유쾌한 면을 보았습니다. 삼십이 넘도록 총각으로 지낸 그로서, 연애라 하는 기묘한 정사* 때문에 그 절*을 굽혔다면, 그것은 도리어 축하할 일이지 책할 일이 아니외다. 지참금을 바라고 혼약을 하였다 하더라도 지금의 세상에 살아가는 우리로서 (더구나 그의 빈곤을 잘 아는 처지인지라) 크게 욕할 수가 없는 일이외다. 그러나 연애도 아니요, 금전 문제도 아닌 이 혼약에서는 가장 불유쾌한 한 가지의 결론밖에는 얻을 수가 없습니다.

"그럼—"

나는 가장 불유쾌한 어조로 이렇게 말하였습니다.

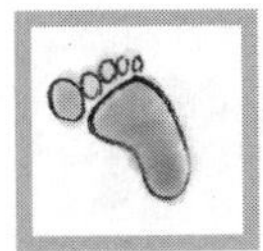

"유곽에 다닐 비용을 절약하기 위하여 마누라를 얻은 셈이구려."

이 혹평*에 대하여 T는 마땅치 않다는 듯이 나를 보았습니다.

"그렇게 혹언할* 것도 아니겠지요. M도 벌써 서른두 살이든가, 세 살이든가, 좌우간 그만하면 차차로 자식도 무릎에 앉혀 보고 싶을 게고, 그렇다고 마땅할 마누라를 선택할 길이나 방법은 없고……."

"자식? 고환염을 그만침이나 심히 앓은 녀석에게 자식? 자식은……."

불유쾌하기 때문에 경솔히도 직업적 비밀을 입 밖에 내인 나는, 하던 말을 중도에 끊어 버렸습니다. 그러나 이미 한 말까지는 도로 삼킬 수가 없었습니다.

"네? 그게 무슨 말씀이오?"

M의 생식 능력에 대하여 사방에서 질문이 들어왔습니다. 이미 한 말에 대하여 책임을 지지 않을 수 없는 나는 그 말을 돌려 꾸미기에 한참 애를 썼습니다. 단언할 수는 없지만, 혹은 M은 생식 능력이 없을지도 모른다. 그러나 진찰을 안 해 본 바이니까, 혹은 또한 생식 능력이 있을지도 모른다. M이 너무도 싱거운 혼약을 한데 대하여, 불유쾌하여 그런 혹언을 하였지만 그 말을 취소한다. 이러한 뜻으로 꾸며댔습니다. 그리고 그 좌석에

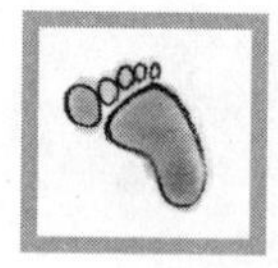

있던 스무 살쯤 난 젊은이가,

"오히려 일생을 자식 없이 지내면 편치 않아요?"

이러한 의견을 내는 데 대하여 '젊은이로서는 도저히 이해할 수 없는 혈족*의 애정'이라는 문제와 그 문제를 너무도 무시하는 요즘의 풍조에 대한 논평으로 말머리를 돌려 버리고 말았습니다.

M은 몰래 결혼식까지 하였습니다. 그의 친구들로서 M의 결혼식 날짜를 미리 안 사람은 한 사람도 없었습니다. 뿐만 아니라 지금 모두들 제각기 하는 소위 신식 혼례식을 하지 않고, 제 집에서 구식으로 하였답니다. 모 여고보 출신인 신부는 구식 결혼이 싫다고 하였지만 M이 억지로 한 것이라 합니다.

이리하여 유곽에서는 한 부지런한 손님을 잃어버렸습니다.

"독점이라 하는 건 참 유쾌하던걸."

결혼한 뒤에 M은 어떤 친구에게 이런 말을 하였다 합니다. 비록 연애로써 성립된 결혼은 아니지만 그다지 실패의 결혼은 아닌 듯하였습니다. 오십 전, 혹은 일 원의 돈을 내던지고 순간적 성욕의 만족을 사던 이 노총각이, 꿈에도 생각지 못한 독점을 하였음에 그의 긍지가 적지 않았을 것이외다. 연애 결혼은 아니었지만 결혼한 뒤에 연애가 생긴 듯하였습니다. 언제든 음침한

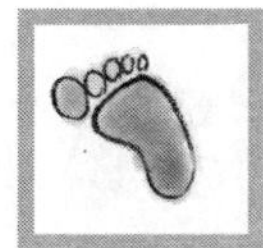

기분이 떠돌던 그의 얼굴이 그럴싸해서 그런지 좀 밝아진 듯하였습니다.

"복 받거라."

우리들—더구나 나는 그들의 결혼을 심축*하였습니다. 처음에는 한낱 M의 성행위의 기구로 M과 결합하게 된 커다란 희생물인 그의 젊은 아내를 위하여, 이것이 행복된 결혼이 되기를 축수*하였습니다. 동기는 여하컨 결과에 있어서 아름다운 열매를 맺어라. 너의 젊은 아내로서, 한 개 '희생물'이 되지 않게 하여라. 어머니로서의 즐거움을 맛볼 기회가 없는 너의 아내에게, 그 대신 아내로서는 남에게 곱되는 즐거움을 맛보게 하여라. M의 일을 생각할 때마다 진심으로 이렇게 축수하였습니다.

신혼의 며칠이 지난 뒤부터는, M이 젊은 아내를 학대한다는 소문이 조금씩 들렸습니다. 완력*을 사용한다는 말까지 조금씩 들렸습니다. 그러나 나는 이 문제는 그다지 크게 생각지 않았습니다. 이런 소문이 귀에 들어올 때마다 나는 『아라비안 나이트』의 마신*의 이야기를 머릿속에서 되풀이하여 보곤 하였습니다.

어떤 어부가 그물질을 하고 있었습니다. 그런데 한 번은 그물을 끌어올리니까 거기에 고기는 없고, 그 대신 병이 하나 걸려 있었습니다. 병은 마개가 닫혀 있고, 그 위에 납으로 굳게 봉함까지 되어 있었습니다. 어부는 잠시 주저한 뒤에 병의 봉함을

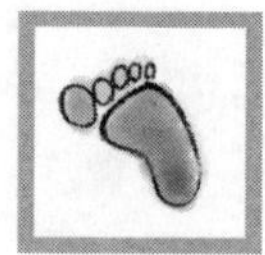

뜯고 마개를 뽑아 보았습니다. 즉, 병에서는 한 줄기 검은 연기가 하늘로 올라갔습니다. 그리고 하늘로 올라간 그 연기는 차차 뭉쳐서 거기에는 커다란 마신이 나타났습니다.

"나를 이 병 속에 감금한 것은 선지자* 솔로몬이다. 이 병 속에 갇혀 있는 동안 나는 스스로 맹세하였다. 백 년 안에 나를 구해 주는 사람이 있으면 그 사람에게 거대한 부(富)를 주겠다고. 그리고 백 년을 기다렸지만 아무도 나를 구해 주는 사람이 없었다. 그래서 나는 다시 맹세했다. 이제 다시 백 년 안으로 나를 구해 주는 사람이 있으면 나는 그 사람에게 이 세상에 있는 보배를 다 주겠다고. 그리고 헛되이 백 년을 더 기다린 뒤에 백 년을 더 연기해서 그 백 년 안에 나를 구해 주는 사람이 있으면 나는 그 사람에게 이 세상에서 가장 큰 권세와 영화를 주겠다고. 그러나 그 백 년이 다 지나도 역시 구해 주는 사람이 없었다. 그래서 나는 마지막으로 다시 맹세했다. 이제 누구든지 나를 구해 주는 놈이 있거든 당장에 그놈을 죽여서 그새 갇혀 있던 그 분풀이를 하겠다고."

이것이 병 속에서 나온 마신의 이야기였습니다. M이 자기의 젊은 아내를 학대한다는 소문이 들릴 때에 나는 이 이야기를 생각지 않을 수가 없었습니다. 삼십이 지나도록 총각으로 지낸 그 고통과 고적*함에 대한 분풀이를 제 아내에게 하는 것이라 했습

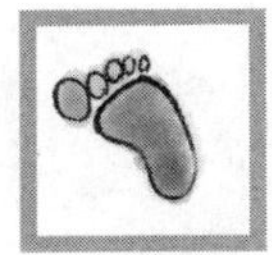

니다. 그리고 실컷 학대해라, 더욱 축수하였습니다.

　M이 결혼한 지 이 년이 거의 다 된 어떤 날 저녁이었습니다. 그와 나는 어떤 곳에서 저녁을 같이하고 있었습니다.

　그의 얼굴은 이날 유난히 어둡고 무거웠습니다. 그는 음식에는 거의 손을 대지 않고 술만 들이켜고 있었습니다. 본래 말이 많지 않은 그가 이날은 더욱 입이 무거웠습니다.

　몹시 취하여 더 술을 먹지 못하리만치 되어서, 그는 처음으로 자발적으로 입을 열었습니다. 충혈이 된 그의 눈은 무시무시하게 번뜩였습니다.

　"여보게, 여보게. 속이지 말구 진정으로 말해 주게. 내게 생식 능력이 있겠나?"

　"글쎄, 검사를 해보아야지."

　나는 이만치 하여 넘기려 하였습니다.

　"그럼 한번 진찰해 봐 주게."

　"왜 갑자기……."

　그는 곧 대답하려 하였습니다. 그러나 나오려던 말을 삼켰습니다. 그리고 다시 술을 한 잔 먹은 뒤에 눈을 푹 내리뜨며 말했습니다.

　"아니, 다른 게 아니라 내게 만약 생식 능력이 없다면 저 사람

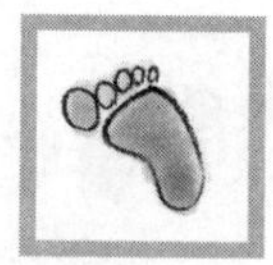

(자기의 아내)이 불쌍하지 않나? 그래서 없는 게 판명되면 아직 젊었을 때에 헤어져서 저 사람이 제 운명을 다시 개척할 '때'를 주어야 하지 않겠나? 그래서 말일세."

"진찰해 보아야지."

"그럼 언제 해보세."

그 며칠 뒤에 나는 M의 아내가 임신했다는 소문을 듣고 깜짝 놀랐습니다. 검사해 볼 필요도 없습니다. M은 그 능력이 없을 것입니다. 그런데 M의 아내는 임신했습니다.

그리고 며칠 전에 M이 검사하겠다던 마음을 짐작했습니다. 그것은 결코 그날의 제 말마따나 '아내의 장래를 위하여' 하려는 것이 아니고, 아내에게 대한 의혹 때문에 해보려는 것일 것이외다. 자기도 온전히 모르는 바는 아니로되, 십중 팔구는 자기는 생식 불능자일 텐데 자기의 아내는 임신을 한 것이외다.

생각하면 재미있는 연극이외다. 생식 능력이 없는 M은 그런 기색도 보이지 않고 결혼을 하였습니다. 그리하여 M에게로 시집을 온 새 아내는 임신을 하였습니다. 제 남편이 생식 불능자인 줄 모르는 아내는 버젓이 자기의 가진 죄의 씨를 M에게 자랑을 하고 있을 것이외다. 일찍이 자기가 생식 불능자인지도 모르겠다는 점을 밝혀 주지 않은 M은 지금 이 의혹의 구렁이에서도 제 아내를 탓할 권리가 없을 것이외다. 그가 검사를 하겠다

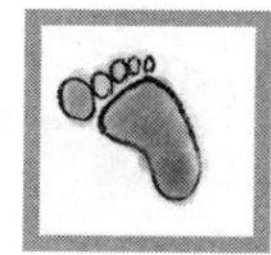

하나, 검사를 하여서 자기가 불구자인 것이 판명된 뒤에는 어떤 수단을 취할는지 짐작도 할 수가 없습니다. 아내의 음행*을 탓 하자면 자기의 사기적 행위를 폭로시키지 않을 수가 없을 것이 외다. 그것을 감추자면, 제 번민만 더욱 크게 할 것이외다.

어떤 날, 그는 검사를 하자고 왔습니다. 그때, 마침 환자가 몇 사람 밀려 있던 관계상 나는 그를 내 사실에 가서 좀 기다리라 하고, 환자 처리를 다 하고 내려갔습니다. 그랬더니 그는 나를 기다리지 않고 돌아가 버렸습니다. 이튿날 그는 다시 왔습니다. 그러나 그는 또 돌아가 버렸습니다.

나도 사실 어찌해야 할지 똑똑히 마음을 작정치 못했던 것이 외다. 검사한 뒤에 당연히 사멸*해 있을 생식 능력을 살아 있다 고 하자니, 그것은 나의 과학적 양심이 허락치 않는 바외다. 그 러나 또한 사멸하였다고 하자니, 이것은 한 사람의 일생을 망쳐 버리는 무서운 선고에 다름없습니다. M이라 하는 정당한 남편 을 두고도 불의의 쾌락을 취하는 M의 아내는 분명히 책받을 여 인이겠지요. 그러나 또한 다른 편으로 이 사건을 관찰할 때에, 내가 눈을 꾹 감고 그릇된 검안*을 내린다면, 그로 인하여 절대 로 불가능하던 M이 슬하에 사랑스런 자식(?)을 두고 거기서 노 후의 위안도 얻을 수 있을 것이요, 만사가 원만히 해결될 것이 외다.

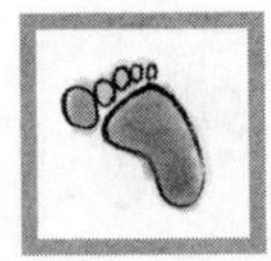

내가 자유로 선택할 수 있는 두 가지의 갈림길에 서서, 나는 어느 편 길을 취해야 할지 판단을 주저하고 있었습니다. 이 문제가 사오 일 뒤에 저절로 해결이 되었습니다. 그날도 역시 침울한 얼굴로 찾아온 M에게 대하여, 나는 의리상,

"오늘 검사해 보자나?"

하니깐 그는 간단히 대답하였습니다.

"벌써 했네."

"응? 어디서?"

"P병원에서."

"그래서 그 결과는?"

"살았다데."

"?"

나는 뜻하지 않고 그의 얼굴을 보았습니다. 그것은 의외의 대답을 들은 때문이라기보다 오히려 '살았다데' 하는 그의 음성이 너무 침통하기 때문에……

"그럼 안심이겠네."

이렇게 대답하는 동안, 나는 내가 하마터면 질 뻔한 괴로운 임무에서 벗어난 안심을 느끼는 동시에, P병원에서의 검안의 의외에 눈을 크게 뜨지 않을 수가 없었습니다. 내 눈을 만난 M의 눈은 낭패한 듯이 이리저리 돌아다녔습니다. 그리고 나는 그 눈

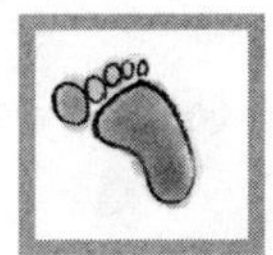

으로 그가 방금 한 말이 거짓말이었음을 알았습니다.

그럼 그는 왜 거짓말을 하였나? 자기의 아내의 명예를 보호하기 위하여? 세상과 제 마음을 속여 가면서라도 자식을 슬하에 두어 보기 위하여? 나는 그의 마음을 알 수가 없었습니다. ─그가 입을 열었습니다. 무겁고 침울한 음성이었습니다.

"여보게, 자네 이런 기모찌* 알겠나?"

"어떤?"

그는 잠시 쉬어서 말을 시작했습니다.

"월급쟁이가 월급을 받았네. 받은 즉시로 나와서 먹고 쓰고 사고, 실컷 마음대로 돈을 썼네. 막상 집으로 돌아가는 길일세. 지갑 속에 돈이 몇 푼 안 남아 있을 것은 분명해. 그렇지만 지갑을 못 열어 봐. 열어 보기 전에는 혹은 아직은 꽤 많이 남아 있겠거니 하는 요행심도 붙일 수 있겠지만 급기야 열어 보면 몇 푼 안 남은 게 사실로 나타나지 않겠나? 그게 무서워서 아직 있거니, 스스로 속이네그려. 쌀도 사야지. 나무도 사야지. 열어 보면 그걸 살 돈이 없는 게 사실로 나타날 테란 말이지. 그래서 할 수 있는 대로 지갑에서 손을 멀리하고 제 집으로 돌아오네. 그 기모찌 알겠나?"

나는 머리를 끄덕였습니다.

"알겠네."

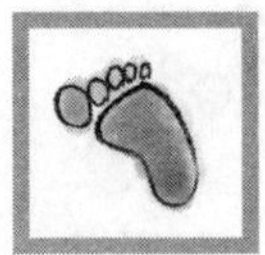

그는 다시 입을 봉하였습니다. 그러나 그때에 나는 알았습니다. M은 검사도 해보지 않은 것이외다. 그는 무서워합니다. 그는 검사를 피합니다. 자기의 아내가 임신을 하였습니다. 그것은 상식으로 판단하여 물론 남편의 아일 것이외다. 거기 대하여 의심을 품을 자는 하나도 없을 것이외다. 의심을 품을 필요도 없는 것이외다. 왜? 여인이 남편을 맞으면 원칙상 임신을 하는 것이 당연한 일이니깐.

이 의심할 필요가 없는 일을 의심하다가 향그럽지 못한 결과가 나타나면, 이것은 자작지얼*로서 원망할 곳이 없을 것이외다. 벌의 둥지를 건드리는 것은 어리석은 것이외다. 십중 팔구는 향그럽지 못한 결과가 나타날 '검사'를, M은 회피한 것이외다. 절망을 스스로 사지 않으려—그리고 번민 가운데서도 끝끝내 일루*의 희망을 붙여 두려, M은 온전히 '검사'라는 위험한 벌의 둥지를 건드리지 않기로 한 것이외다. 그리고 상식으로 판단할 수 있는 (제 아내의 뱃속에 있는) 자식에게 대하여 억지로 애정을 가져 보려 결심한 것이외다. 검사를 하여서 정충이 살아 있다면 다행한 일이지만, 사멸하였다면 시재 제 아내와의 사이에 생길 비극과 분노와 절망은 둘째 두고라도, 일생을 슬하에 혈육이 없이 보내고 노후에 의탁할 곳을 가질 가능성조차 없는 절망의 지위에 빠지지 않을 수가 없을 것이외다.

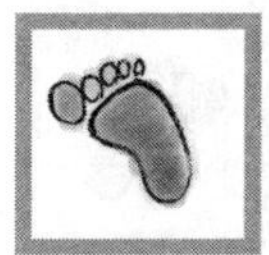

　이것은 무서운 일이외다. 상식으로 판단할 수 있는 일을 거부하고까지 이런 모험 행위를 할 필요가 없을 것이외다. 이리하여 그는 검사는 단념했지만, 마음에 의혹만은 온전히 끄지를 못한 모양이었습니다. 그 뒤, 어떤 날 그는 이런 이야기, 저런 이야기 하다가 이런 말을 했습니다.

　"자식은 꼭 제 애비를 닮는다면 좋겠구먼……."

　거기 대하여 나는 닮은 예를 여러 가지로 들어서 말해 주었습니다. 그는 한숨을 쉬었습니다.

　"여인이 애를 배면 걱정일 테야. 아버지나 친할아비를 닮는다면 문제가 없겠지만 외편*을 닮거나, 그렇지 않으면 아무도 닮지 않으면 걱정이 아니겠나? 그저 아비를 닮아야 제일이야. 하하하……."

　나는 대답하였습니다.

　"글쎄 말이지. 내 전문이 아니니깐 이름은 기억 못 하지만, 독일 소설에 이런 게 있지 않나? 「아버지」라나 하는 희곡 말일세. 자식을 낳았는데 제 자식인지 아닌지 몰라서 번민하는 그런 이야기가 있지? 그것도 아버지만 닮으면 문제가 없겠지."

　"아! 아, 다 귀찮어."

　M의 아내가 아들을 낳았습니다.

　그 아이가 반 년쯤 자랐습니다.

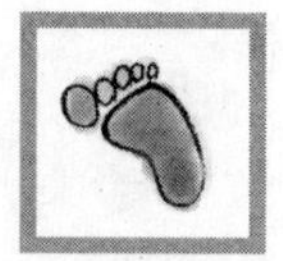

어떤 날 M은 그 아이를 몸소 안고, 병을 뵈려 나한테 왔습니다. 기관지가 조금 상하였습니다.

약을 받아 가지고도 그냥 좀 앉아 있던 M은 묻지도 않은 이런 말을 하였습니다.

"이놈이 꼭 제 증조부님을 닮았다거든."

"그래?"

나는 그의 말에 적지 않은 흥미를 느끼면서 이렇게 응했습니다. 내 눈으로 보자면, 그 어린애와 M과는 관련도 없는 바인데, 그 애가 M의 할아버지를 닮았다는 것은 기이함으로서……. 어린애의 친편*과 외편의 근친*에서 아무도 비슷한 사람을 찾아내지 못한 M의 친척은 하릴없이 예전의 조상을 들추어낸 모양이었습니다. 그리고 그 어린애에게 커다란 의혹과 그보다 더 커다란 희망(의혹이 오해였던 것을 바라는)은 M으로 하여금 손쉽게 그 말을 믿게 한 모양이었습니다. 적어도 신뢰하려고 마음먹게 한 모양이었습니다.

내가 자기의 말에 흥미를 가지는 것을 본 M은 잠시 주저하다가 그가 예비했던 둘째 말을 마침내 꺼내었습니다.

"게다가 날 닮은 데도 있어."

"어디?"

"이보게."

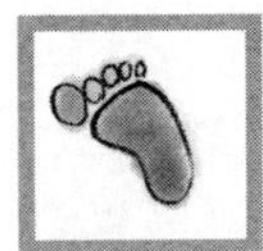

　M은 어린애를 왼편 팔로 가만히 옮겨서 붙안으면서 오른손으로는 제 양말을 벗었습니다.

　"내 발가락 보게. 내 발가락은 남의 발가락과 달라서, 가운뎃발가락이 그중 길어. 쉽지 않은 발가락이야. 한데―."

　M은 강보(포대기)를 들치고 어린애의 발을 가만히 꺼내어 놓았습니다.

　"이놈의 발가락 보게. 꼭 내 발가락 아닌가. 닮았거든……."

　M은 열심으로 찬성을 구하듯이 내 얼굴을 바라보았습니다. 얼마나 닮은 곳을 찾아보았기에 발가락 닮은 것을 찾아내었겠습니까?

　나는 M의 마음과 노력에 눈물겨워졌습니다. 커다란 의혹 가운데서 그 의혹을 어떻게 하여서든 삭여 보려는 M의 노력은 인생의 가장 요절할* 비극이었습니다. M이 보라고 내놓은 어린애의 발가락은 안 보고, 오히려 얼굴만 한참 들여다보고 있다가, 나는 마침내 이렇게 말하였습니다.

　"발가락뿐 아니라 얼굴도 닮은 데가 있네."

　그리고 나의 얼굴로 날아오는 (의혹과 희망이 섞인) 그의 눈을 피하면서 돌아앉았습니다.

붉은 산

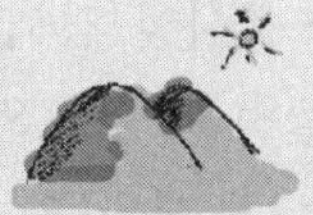

"보구 싶어요. 붉은 산이 ― 그리고 흰 옷이!" 아아, 죽음에 임하여 그는 고국과 동포가 생각난 것이었다. 나는 힘있게 감았던 눈을 고즈너기 떴다. 그때에 '삵'의 눈도 번쩍 뜨였다. 그는 손을 들려고 하였다. 그러나 이미 부러진 그의 손은 들리우지 않았다. 그러나 이미 부러진 그의 손은 들리우지 않았다. 그는 머리를 돌이키려 하였다. 그러나 그 힘이 없었다.

붉은 산
—어떤 의사의 수기

　그것은 내가 만주를 여행할 때 일이었다. 만주의 풍속도 좀 살필 겸 아직껏 문명의 세례를 받지 못한 그들 사이에 퍼져 있는 병을 좀 조사할 겸해서 일 년의 기한을 예산해 가지고 만주를 시시콜콜히 다 돌아온 적이 있었다. 그때에 ××촌이라 하는 조그만 촌에서 본 일을 여기에 적고자 한다.

　××촌은 조선 사람 소작인*만 사는 한 이십 여 호 되는 작은 촌이었다. 사면을 둘러보아도 한 개의 산도 볼 수가 없는 광막한* 만주의 벌판 가운데 놓여 있는 이름도 없는 작은 촌이었다.
　몽고 사람 종자*를 하나 데리고 노새를 타고 만주의 농촌을 돌아다니던 내가 그 ××촌에 이른 때는 가을도 다 가고 어느덧 광포한 북극의 겨울이 만주를 찾아온 때였다.
　만주의 어느 곳이나 조선 사람이 없는 곳은 없지만 이러한 오지*에서 한 동네가 모두 조선 사람으로만 되어 있는 곳을 만나니 반가웠다. 더구나 그 동네는 비록 모두가 만주국인의 소작인이라 하나, 사람들이 비교적 온량하고* 정직하여, 장성*한 이들은 그래도 모두 천자문 한 권쯤은 읽은 사람들이었다. 살풍경*한 만주, 그 가운데서 살풍경한 살림을 하는 만주국인이며, 조선 사람의 동네를 근 일 년이나 돌아다니다가 비교적 평화스런 이런 동네를 만나면, 그것이 비록 외국인 동네라 하여도 반갑겠

거늘, 하물며 우리 같은 동족임에랴. 나는 그 동네에서 한 십여 일 이상을 일없이 매일 호별 방문을 하며 그들과 이야기로 날을 보내며, 오래간만에 맛보는 평화적 기분을 향락*하고 있었다.

'삵*'이라는 별명을 가지고 있는 '정익호'라는 인물을 본 것이 여기서이다.

익호라는 인물의 고향이 어디인지는 ××촌에서 아무도 몰랐다. 사투리로 보아서 경기 사투리인 듯하지만 빠른 말로 재재거리는* 때에는 영남 사투리가 보일 때도 있고, 싸움이라도 할 때는 서북 사투리가 보일 때도 있었다. 그런지라 사투리로서 그의 고향을 짐작할 수는 없었다. 쉬운 일본말도 알고, 한문 글자도 좀 알고, 중국말은 물론 꽤 하고, 쉬운 러시아말도 할 줄 아는 점 등등, 이곳저곳 숱하게 주워먹은 것은 짐작이 가지만 그의 경력을 똑똑히 아는 사람은 없었다.

그는 내가 ××촌에 가기 일 년 전쯤 빈손으로 이웃이라도 오듯 후더덕 ××촌에 나타났다 한다. 생김생김으로 보아서 얼굴이 쥐와 같고 날카로운 이빨이 있으며, 눈에는 교활*함과 독한 기운이 늘 나타나 있으며, 발룩한 코에는 코털이 밖으로까지 보이도록 길게 났고, 몸집은 작으나 민첩하게 되었고, 나이는 스물다섯에서 사십까지 임의로 볼 수 있으며, 그 몸이나 얼굴 생

김이 어디로 보든 남에게 미움을 사고 근접치* 못할 놈이라는
느낌을 갖게 한다.

그의 장기는 투전*이 일쑤며, 싸움 잘하고, 트집 잘 잡고, 칼
부림 잘하고, 색시에게 덤벼들기 잘하는 것이라 한다.

생김생김이 벌써 남에게 미움을 사게 되었고, 거기다 하는 행
동조차 변변치 못한 일만이라 ××촌에서도 아무도 그를 대척*
하는 사람이 없었다. 사람들은 모두 그를 피하였다. 집이 없는
그였으나 뉘 집에 잠이라도 자러 가면 그 집주인은 두말없이 다
른 방으로 피하고 이부자리를 준비해 주곤 하였다. 그러면 그는
이튿날 해가 낮이 되도록 실컷 잔 뒤에 마치 제 집에서 일어나
듯 느직이 일어나서 조반을 청해 먹고는 한마디의 사례도 없이
나가 버린다.

그리고 만약 누구든 그의 이 청구에 응치 않으면 그는 그것을
트집으로 싸움을 시작하고, 싸움을 하면 반드시 칼부림을 하였
다.

동네의 처녀들이며 젊은 여인들은 익호가 이 동네에 들어온
뒤부터는 마음놓고 나다니지를 못하였다. 철없이 나갔다가 봉
변*을 당한 사람도 몇이 있었다.

'삵' —.

이 별명은 누가 지었는지 모르지만 어느덧 ××촌에서는 익호
를 익호라 부르지 않고 '삵'이라고 부르게 되었다.

"삵이 뉘 집에서 묵었나?"

"김 서방네 집에서."

"다른 봉변은 없었다나?"

"요행히 없었다네."

그들은 아침에 깨면 서로 인사 대신에 '삵'의 거취를 알아보
곤 하였다.

'삵'은 이 동네에서 커다란 암종*이었다. '삵' 때문에 아무리
농사에 사람이 부족한 때라도, 젊고 튼튼한 몇 사람은 동네의
젊은 부녀를 지키기 위하여 동네 안에 머물러 있지 않을 수가
없었다. '삵' 때문에 동네에서는 닭의 가리*며 돼지 우리를 지
키기 위하여 밤을 새우지 않을 수가 없었다.

동네의 노인이며 젊은이들은 몇 번을 모여서 '삵'을 이 동리
에서 내쫓기로 의논하였다. 물론 합의는 되었다. 그러나 내쫓는
데 선착*할 사람이 없었다.

"첨지가 선착하면 뒤는 내 담당하마."

"뒤는 걱정 말고 형님 먼저 말해 보시오."

제각기 '삵'에게 먼저 달겨들기를 피하였다.

이 동리에서는 합의는 되었으나 '삵'은 그냥 태연히 이 동리

에 묵어 있게 되었다.

"며늘년들이 조반이나 지었나?"

"손주놈들이 잠자리나 준비했나?"

마치 그 동네의 모두가 자기의 집안인 것같이 '삵'은 마음대로 이집저집을 드나들었다.

××촌에서는 사람이라도 죽으면 반드시 조상 대신으로,

"삵이나 죽지 않고."

하는 한마디의 말을 잊지 않곤 하였다.

누가 병이라도 나면,

"에익! 이놈의 병 '삵' 한테로 가거라."

고 하였다.

암종—누구나 '삵'을 동정하거나 사랑하는 사람이 없었다.

'삵'도 남의 동정이나 사랑은 벌써 단념한 사람이었다. 누가 자기에게 아무런 대접을 하든 탓하지 않았다. 보이는 데서 보이는 푸대접을 하면 그 트집으로 반드시 칼부림까지 하는 그였지만 뒤에서 아무런 말을 할지라도—그리고 그것이 '삵'의 귀에까지 갈지라도 탓하지 않았다.

"흥……."

이 한마디는 그의 가장 큰 처세* 철학이었다.

흔히 곁동네 만주국인들의 투전판에 가서 투전을 하였다. 때때로 두들겨 맞고 피투성이가 되어서 돌아오는 일도 있었다. 그러나 그는 그 하소연을 하는 일이 없었다. 한다 할지라도 들을 사람도 없거니와―아무리 무섭게 두들겨 맞은 뒤라도 하루만 샘물에 상처를 씻고 절룩절룩한 뒤에는 또 이튿날은 천연히* 나다녔다.

내가 ××촌을 떠나기 전날이었다.

송 첨지라는 노인이 그 해 소출*을 나귀에 실어 가지고 만주국인 지주가 있는 촌으로 갔다. 그러나 돌아올 때는 송장이 되었다. 소출이 좋지 못하다고 두들겨 맞아서 부러져 꺾어진 송 첨지는 나귀 등에 몸이 결박되어서 겨우 ××촌으로 돌아왔다. 그리고 놀란 친척들이 나귀에서 몸을 내릴 때에 절명*되었다.

××촌에서는 왁자하였다.*

"원수를 갚자!"

명 아닌 목숨을 끊은 송 첨지를 위하여 동네의 젊은이는 모두 흥분되었다. 제각기 이제라도 들고 일어설 듯하였다.

그러나 그뿐이었다. 누구든 앞장을 서려는 사람이 없었다. 만약 누구든 이때에 앞장을 서는 사람만 있었다면 그들은 곧 그 지주에게로 달려갔을지 모른다. 그러나 제가 앞장을 서겠노라

고 나서는 사람은 없었다. 제각기 곁사람을 돌아보았다.

발을 굴렀다. 부르짖었다. 학대받은 인종의 고통을 호소하며 울었다. 그러나—그뿐이었다. 남의 일로 지주에게 반항하여 제 밥자리까지 떼이기를 꺼림인지, 용감히 앞서 나가는 사람은 없었다.

나는 의사라는 나의 직업상 송 첨지의 시체를 검시*를 하였다. 돌아오는 길에 나는 '삵'을 만났다. 키가 작은 '삵'을 나는 내려다보았다. '삵'은 나를 쳐다보았다.

"가련한 인생아. 인종의 거머리야. 가치 없는 인생아. 밥버러지야. 기생충아!"

나는 '삵'에게 말하였다.

"송 첨지가 죽은 줄 아나?"

나의 말에 아직껏 나를 쳐다보고 있던 '삵'의 얼굴이 아래로 떨어졌다. 그리고 내가 발을 떼려는 순간 얼핏 '삵'의 얼굴에 나타난 비창한* 표정을 나는 넘길 수가 없었다.

고향을 떠난 만 리 밖에서 학대받은 인종의 가엾음을 생각하고 그 밤은 나도 잠을 못 이루었다.

그 억분함*을 호소할 곳도 못 가진 우리의 처지를 생각하고 나도 눈물을 금치 못하였다.

이튿날 아침이었다.

나를 깨우러 오는 사람의 소리에 나는 반사적으로 일어났다.

'삵'이 동구 밖에서 피투성이가 되어 죽어 있다는 것이었다. 나는 '삵'이라는 말에 눈살을 찌푸렸다. 그러나 의사라는 직업상, 곧 가방을 수습하여 가지고 '삵'이 넘어진 데까지 달려갔다. 송 첨지의 장례식 때문에 모였던 사람 몇은 나의 뒤로 따라왔다.

나는 보았다. '삵'의 허리가 기역자로 뒤로 부러져서 밭고랑 위에 넘어져 있는 것을 나는 달려가 보았다. 아직 약간의 온기는 있었다.

"익호! 익호!"

그러나 그는 정신을 못 차렸다. 나는 응급 수단을 하였다. 그의 사지는 무섭게 경련되었다.

이윽고 그가 눈을 번쩍 떴다.

"익호! 정신 드나?"

그는 나의 얼굴을 보았다. 끝이 없이 한참 쳐다보았다. 그의 눈동자가 움직였다.

겨우 처지를 깨달은 모양이었다.

"선생님, 저는 갔었습니다."

"어디를?"

"그 놈— 지주놈의 집에—."

무얼? 나는 눈물이 나오려는 눈을 힘있게 닫았다. 그리고 덥석 그의 벌써 식어 가는 손을 잡았다. 잠시의 침묵이 계속되었다. 그의 사지에서는 무서운 경련이 끊임없이 일었다. 그것은 죽음의 경련이었다. 듣기 힘든 작은 그의 소리가 또 그의 입에서 나왔다.

"선생님."

"왜?"

"보고 싶어요. 전 보구 시……."

"뭐이?"

그는 입을 움직였다. 그러나 말이 안 나왔다. 기운이 부족한 모양이었다. 잠시 뒤에 그는 또다시 입을 움직였다. 무슨 소리가 그의 입에서 나왔다.

"무얼?"

"보구 싶어요. 붉은 산이— 그리고 흰 옷이!"

아아, 죽음에 임하여 그는 고국과 동포가 생각난 것이었다. 나는 힘있게 감았던 눈을 고즈너기* 떴다. 그때에 '삵'의 눈도 번쩍 뜨였다. 그는 손을 들려고 하였다. 그러나 이미 부러진 그의 손은 들리우지 않았다. 그는 머리를 돌이키려 하였다. 그러나 그 힘이 없었다.

그의 마지막 힘을 혀끝에 모아 가지고 입을 열었다.

"선생님!"

"왜?"

"저것— 저것—."

"무얼?"

"저기 붉은 산이……, 그리고 흰 옷이……. 선생님, 저게 뭐예요!"

나는 돌아보았다. 그러나 거기는 황막한* 만주의 벌판이 전개되어 있을 뿐이었다.

"선생님, 노래를 불러 주세요. 마지막 소원—노래를 해주세요. 동해물과 백두산이 마르고 닳도록—."

나는 머리를 끄덕이고 눈을 감았다. 그리고 입을 열었다. 나의 입에서는 창가가 흘러나왔다.

나는 고즈너기 불렀다.

"동해물과 백두산이……."

고즈너기 부르는 나의 창가 소리에 뒤에 둘러섰던 다른 사람의 입에서도 숭엄한* 코러스는 울려 나왔다.

무궁화 삼천리

화려 강산—

　광막한 겨울의 만주벌 한편 구석에서는 밥버러지 익호의 죽음을 조상하는 숭엄한 노래가 차차 크게 엄숙하게 울렸다. 그 가운데 익호의 몸은 점점 식었다.

시골 황서방

　황 서방은 마침내 도회라는 것을 알았다. 도회에서 달아나던 Z씨의 심리도 알았다. 그러나 Z씨가 다시 도회로 돌아온 그 심리는? 그것도 Z씨가 도로 도회로 돌아올 때에 한 말을 씹어 보면 알 것이었다. 도회는 도회 사람의 것이고, 시골은 시골 사람의 것이다. 천분(天分)! 천분! 천분을 모르고, 남의 영분에 침입했던 황 서방은 이렇게 실패하였다. 황 서방은 이제 겨우 자기의 영분을 깨달았다. 그리고 사람은, 저 할 일만 제가 할 것임을 깨달았다.

시골 황 서방

황 서방이 사는 X촌은 그곳서 그중 가까운 도회에서 오백칠십 리가 되고, 기차 연변*에서 삼백여 리며, 국도(國道)에서 일백오십여 리가 되는, 산골의 조그만 마을이었다. 금년에 사십여 세가 된 황 서방이, 아직 양복쟁이*라고는 헌병과 순사와 측량 기사밖에는 못 본 만큼 그 X촌은 궁벽한* 곳이었다. 그리고 또한 그곳서 십 리, 안팎 되는 곳은 모두 친척과 같이 지내며, 밤에 옻을 서로 다니느니만치 인가가 드문 마을이었다. 산에서 범이 내려와서 사람을 물어 갈지라도, 그 일이 신문에도 안 나리만치 외딴 곳이었다. 돈이라는 것은 십 원짜리 지폐를 본 것을 자랑할 만큼, 그 동리는 생활의 위협이라는 것을 모르는 마을이었다.

한마디로 말하자면, 그 동리는 순박하고 질구(質舊)하고 인심 후하고 평화로운—원시인의 생활이라 하여도 좋을 만한 살림을 하는 마을이었다.

이러한 X촌에 이즈음 뜻하지 않은 일이 생겨났다.

X촌에 이즈음, 소위 도회 사람이라는 어떤 양복쟁이가 하나 뛰쳐들어왔다. 그 사람은 황 서방의 집에 주인을 잡았다.*

그 동리 사람들은 모두 황 서방네 집으로 쓸어들었다.* 그리고 그 도회 사람의 별스러운 옷이며, 신이며 갓을 (염치를 불고

하고) 주물러 보며, 마치 그 사람은 조선말을 모르리라는 듯이 곁에 놓고 이리저리 비평을 하며 야단법석하였다.

황 서방은 자랑스러운 듯이 (우연히 자기 집으로 뛰쳐들어온) 그 손님에게 구린내 나는 담배며, 그때 갓 쪄온 옥수수 등을 대접하며, 모여든 동리 사람들에게 그 도회 사람이 자기 집에 들어올 때의 거동*을 설명하며 야단하였다.

며칠이 지났다.

그 도회 사람이 모여드는 이 지방 사람들에게 설명한 바에 의지하건대 그는 '흙냄새'를 그려서 이곳까지 왔다 한다.

"—여러분들은, 흙냄새라는 것을—그 향기로운 흙냄새를 늘 맡고 계셨기에 이렇게 몸이 든든합니다. 아아, 그 흙의 냄새. 여보시오. 도회에 가 보오. 에이구! 사람 냄새. 가솔린 냄새, 하수도 냄새, 게다가 자동차, 마차, 전차, 인력거가 여기 번쩍, 저기 번쩍—참, 도회에 살면 흙냄새가 그립소. 땅이 활개를 펴고 기지개를 하는 봄날, 무럭무럭 떠오르는 흙의 향내를 늘 맡고 사는 당신네들의 행복은, 참으로 도회인은 얻지 못할 행복입니다. 몇 해를 벼르고 벼르다가, 나도 종내 참지 못하여 이리로 왔소. 그 더럽고 귀찮은 도회를 달아나서 여기까지 왔소. 이제부터는 나도 당신들의 동무요……."

도회 사람은 이렇게 말하였다.

황 서방은 이 도회 사람(우리는 그를 Z씨라 부르자)의 말 가운데서 세 마디를 알아들었다.

자동차와 인력거, 황 서방이 이전에 무슨 일로 백오십 리를 걸어서 국도까지 갔을 때에, (그때는 밤이었는데) 저편에서 시뻘건 두 눈깔을 번득이며, 이상한 소리를 내면서 달려오는 괴물을 보았다. 영리한 황 서방은 물론 그것이 사람이 타고 다니는 것임을 짐작은 하였다. 그러나 X촌에 들어온 뒤에는 그것이 한 괴물로 소문이 났다. 방귀를 폴삭폴삭 뀌며, 땅을 울리면서 달아나는, 돈 많은 사람이 타고 다니는 괴물로 소문이 퍼졌다.

인력거라는 것은 그 이튿날 보았다.

그리고 그 두 가지는 다 (Z씨의 말을 듣고 생각하여 보매) 과연 사람의 생명을 위협하는 무서운 물건일 것이었다.

또 한 가지, 사람의 냄새가 역하다*는 것. 사실 X촌에 잔칫집이라도 있어서 수십 인씩 모이면, 역하고 고약한 냄새가 그 방 안에 차고 하던 것을 황 서방은 알았다. 그러므로 몇 십만(십만이 백의 몇 곱인지는 주판을 안 놓고는 똑똑히 모르거니와)이라는, 짐작컨대, 억조 동루렁이의 사람이 구더기와 같이 우글거릴 도회에서는 상당한 역한 냄새가 날 것이었다.

그 밖에는 황 서방에게도 한마디도 모를 것이었다. 흙냄새가 그립다 하나, 흙냄새도 상당히 구린* 것이었다. 봄날 흙냄새는 (거름을 한 지 오래지 않으므로) 더욱 구린 것이었다.

전차, 하수도, 가솔린, 이런 것은 어떤 것인지 황 서방은 짐작할 수도 없었다.

그러나 황 서방은 Z씨의 말을 믿었다. 저는 시골밖에는 모르고, Z씨는 시골과 도회를 다 보고 한 말이매 그 사람의 말이 옳을 것은 당연한 것이다. 흙냄새가 아무리 구리다 할지라도 도회 냄새보다는 좋은 것이라고 황 서방은 믿었다.

"길에 하루 종일 반듯 자빠져 있으니, 시골서는 자동차에 치일 걱정이 있겠소? 순사에게 쫓겨갈 걱정이 있겠소? 참 자유스럽소……."

그것도 또한 사실이고 당연한 말이었다. 황 서방은 그러한 시골에서 태어난 자기를 행복스럽다 하였다.

그러나 서너 달 뒤에, 그 Z씨는 시골에 대하여 온갖 욕설을 다 하고, 다시 도회로 돌아갔다. Z씨는, 몰랐거니와 흙냄새도 매우 역하다 하였다. 도회에서는 하루 동안에 한나절씩만 수판*을 똑딱거리면, 매달 오천 냥씩 들어오던 자기가 여기서는 땀을 뻘뻘 흘리며 손을 상하며 일을 해야 일 년에 겨우 오천 냥 들어오기

가 힘드니, 시골이란 재간* 있는 사람은 못 살 곳이라 하였다. 십 리나 백 리라도 걸어서밖에는 다닐 도리가 없으니 시골은 소 말이나 살 곳이라 하였다. 기생이 없으니 점잖은 사람은 못 살 곳이라 하였다. 읽을 책도 없으니 학자는 못 살 곳이라 하였다. 양요리가 없으니 귀인은 못 살 곳이라 하였다.

이 말을 듣고, 황 서방은 Z씨가 간 다음 며칠 동안을 눈이 퀭 하니 밥도 잘 안 먹었다.

Z씨의 말은 모두 다 또한 정말이었다. 아직껏 이웃집같이 다니던 최 풍헌*의 집이, 생각하여 보면 참 멀었다. 십오 리! Z씨 가 진저리를 친 것도 너무 과한 일은 아닐 것이다.

옛 말로 들은바, 기생이라는 것이 없는 것도 또한 사실이었다.

재미있는 책이라고는 『임진록』 한 권이(그것도 서두와 꼬리는 없는 것) X촌을 중심으로 한 삼십 리 이내의 다만 하나의 책이었 다.

더구나 그 근처 일대에, 수판 잘 놓기로 이름난 황 서방이—도 회에서는 (Z씨의 말에 의지하건대) 매달 오천 냥 수입은 될 황 서방이 손에 굳은살이 박히며 땀을 흘리며, 천신 만고하여 일 년에 거두는 추수가 육천 냥 내외였다. 게다가, 감자를 먹 고…… 거름을 주무르고…….

두 달이 지났다.

　그때는, 황 서방은 자기의 먹다 남은 것이며 집이며 세간살이를 모두 팔아 가지고 도회로 온 지 벌써 두 달이나 된 때였다.

　황 서방은 자기의 것을 모두 팔아서 육천 냥이라는 돈을 긁었다. 그 가운데서 집세로 육백 냥이 나갔다. 한 달 동안 구경하며 먹어 가는 데 이천 냥이 나갔다.

　여름 밤의 도회는 과연 아름다웠다. 불, 사람, 냄새, 집, 소리, 모든 것은 황 서방을 취하게 하였다. 일곱 냥 반을 주고 아이스크림도 사 먹어 보았다. 또한—소리, 불, 사람, 냄새, 보면 볼수록 도회의 밤은 사람을 취케 하였다. 아이스 크림, 빙수, 진열장, 야시—아아, 황 서방은 얼마나, 이런 것을 못 보는 최 풍헌이며 김 별장*을 가련히 생각하였으랴.

　동물원도 보았다. 전차도 간간이 타 보았다. 선술집의 한잔의 맛도 괜찮은 것이고, 길에서 파는 밀국수의 맛도 또한 황 서방에게는 잊지 못할 것이었다.

　도회로 오기만 하면, 만나질 줄 알았던 Z씨를 못 만난 것은 섭섭하지만, 그것도 황 서방에게는 불편한 일은 없었다.

　아아, 도회, 도회, 과연 시골은 사람으로서는 못 살 곳이었다.

　황 서방이 도회로 온 지 넉 달이 되었다. 이젠 밑천도 없어졌다.

'이제부터!'

황 서방은 옷 매무새를 바르게 하고 큰거리로 나가서 어떤 큰 상점을 찾아갔다. 그리고 자기는 수판을 잘 놓는데 써 달라고 부탁을 드렸다. 그러나 의외로 황 서방은 첫마디로 거절당하였다.

황 서방은 다른 집으로 찾아갔다. 그러나 거기서도 또한 거절당했다.

저녁때, 집에 돌아올 때는 황 서방의 얼굴은 송장과 같이 퍼렇게 되었다.

이런 일이 어디 있나? 첫마디로 승낙할 줄 알았던 일이 오늘 철로 삼십여 집을 다녔으나 한 곳에서도 승낙 비슷한 것을 못 받고 거지나 온 것같이 쫓겨 나왔으니, 이젠 어쩐단 말인가?

이튿날의 경과도 역시 같았다. 사흘, 나흘, 황 서방의 밑천은 한 푼도 없어졌는데 매달 오천 냥은커녕 오백 냥으로 고용하려는 데도 나타나지 않았다.

굶어? 황 서방은, 이젠 할 수 없이 굶게 되었다. 아직 당해 보기는커녕 말도 못 들었던 '굶는다'는 것을 황 서방은 맛보게 되었다.

그런들 사람이 굶기야 하랴. 황 서방은 사람의 후한 인심을 충

분히 아는 사람이었다. 아직껏 그런 창피스런 일은 해본 적이 없지만, X촌에서 이십 리 떨어져 있는 Q촌에 쌀 한 말 얻으러 갈지라도 꾸어 주는 것을 황 서방은 안다. 사람이 굶는다는데 쌀 한 말 안 줄, 그런 야속한 놈은 없을 것이었다.

황 서방은 이웃집에 갔다. 그리고 자기는 이 이웃집에 사는 사람인데, 여사여사하다고 사연을 한 뒤에, 좀 조력*을 하여 달란 이야기를 장차 끄집어내려는데, 그 집에서는 벌써 눈치를 챘는지,

"우리도 굶을 지경이오!"
하고는 제 일만 보기 시작하였다.

황 서방은 그것도 그럴 일이라 생각하였다. 사실, 그 집도 막벌이*하는 집이었다.

황 서방은 다시 한 집 건너 있는 큰 기와집으로 찾아갔다. 그가 중대문 안에 들어설 때 대청에 걸쳐 앉아서 양치를 하고 있던 젊은 사람(주인인지)이 웬 사람이냐고 꽥 소리를 질렀다.

"네? 저— 뭐……."
황 서방은 다시 나오고 말았다.

황 서방은 마침내 도회라는 것을 알았다. 도회에서 달아나던 Z씨의 심리도 알았다. 그러나 Z씨가 다시 도회로 돌아온 그 심

리는? 그것도 Z씨가 도로 도회로 돌아올 때에 한 말을 씹어 보면 알 것이었다. 도회는 도회 사람의 것이고, 시골은 시골 사람의 것이다.

천분(天分)! 천분! 천분을 모르고, 남의 영분*에 침입했던 황 서방은 이렇게 실패하였다. 황 서방은 이제 겨우 자기의 영분을 깨달았다. 그리고 사람은, 저 할 일만 제가 할 것임을 깨달았다.

이튿날 새벽, 황 서방은 떠오르는 해를 등으로 받고, 주린 배를 움켜쥐고, X촌에서 일백오십 리 밖을 통과하는 K국도를 더벅더벅 걸었다.

태형

　　그들은 무얼 하러 여기 왔나? 바람 불고 잘 자리 있고 담배 있는 저 세상에서 무얼 하러 여기 왔나? 사랑스러운 손주가 있는 사람도 있겠지. 이쁜 아내가 있는 사람도 있겠지. 그리고 그들은 자유로 먹고, 마시고, 바람을 쏘이고 자유로 자고 있었을 테다. 그렇던 사람들이 어떤 요구로 여기를 왔나? 그러나 지금의 그들의 머리에는 독립도 없고, 민족 자결도 없고, 자유도 없고, 사랑스러운 아내나 아들이며 부모도 없고, 또는 더위를 깨달을 만한 새로운 신경도 없다.

태형*

―기미(己未) 옥중기(獄中記)의 일절(一節)―

"기쇼오*!"

잠은 깊이 들었지만 조급하게 설렁거리는 마음에 이 소리가 조그맣게 들린다. 나는 한순간 화닥닥 놀래어 깨었다가 또다시 잠이 들었다.

"여보, '기쇼'야, 일어나오."

곁의 사람이 나를 흔든다. 나는 돌아누웠다. 이리하여 한 초, 두 초, 꿀보다도 달은 잠을 즐길 적에 그 사람은 또 나를 흔든다―.

"잠 깨구 일어나소."

"누굴 찾소?"

이렇게 나는 물었다. 머리는 또다시 나락*의 밑으로 미끄러져 들어간다.

"그러디 말구 일어나요. 지금 오(五)방 뎅껭*함넨다."

"여보, 십 분 동안만 제발 더 자게 해주."

"그거야 내가 알갔소? 간수*한테 들키믄 당신 혼나갔게 말이디."

"에이! 누가 남을 잠도 못 자게 해. 난 잠들은 지 두 시간두 못 됐구레. 제발 조금만 더……."

이 말이 맺기 전에 나의 넓은 침실과 그 머리맡의 담배를 걸핏 보면서, 나는 또다시 혼혼히* 잠이 들었다. 그때에 문득 내게 담

배를 한 꼬치 주는 사람이 있으므로 그 담배를 먹으려 할 때에,
아까 그 사람(나를 흔들던 사람)은 또다시 나를 흔든다—.

"기쇼 불렀소. 뎅껭꺼정 해요. 일어나래두……."

"여보, 이제 남 겨우 또 잠들었는데 깨우긴 왜……."

"뎅껭해요."

나는 벌컥 역정을 내었다.

"뎅껭이면 어떻단 말이오! 그래 노형 상관 있소?"

"그만둡시다. 그러나 일어나 나오."

"남 이제 국수 먹구 담배 먹는 꿈꾸댔는데……."

이 말을 하려던 나는 생각만 할 뿐 또다시 잠이 들었다. 또 한
초, 두 초, 단꿈에 빠지려던 나는 곁방에서 들리는 제걱거리는
칼소리와 문을 덜컥덜컥 여는 소리에 펄쩍 놀라서 일어나 앉았
다. 그러나 온몸을 취케 하던 졸음은 또다시 머리를 덮는다. 나
는 무릎을 안고, 머리를 묻은 뒤에 또다시 잠이 들었다. 또 한
초, 두 초, 시간은 흐른다. 덜컥! 마침내 우리 방문을 여는 소리
가 났다. 나는 갑자기 굴복*을 하고 머리를 들었다. 이미 잘 아
는 바이거니와 한 초 전에 무거운 잠에 취하였던 사람이라고는
생각 안 되도록 긴장된다.

덜컥 하는 소리와 함께 문이 열리며, 간수가 서넛 들어섰다.

"뎅껭."

다섯 평이 좀 못 되는 방에는 너무 크지 않나 생각되는 우렁찬 소리가 울리며, 경험으로 말미암아 숙련된 흐르는 듯한 (우리의 대명사인) 번호가 불리운다. 몇 호, 몇 호, 이렇게 흐르는 듯이 불러 오던 간수 부장은 한 번호에 멎었다.

"나나햐꾸나나쥬용 고(774호)."

아무 대답이 없다.

"나나햐꾸나나쥬용 고."

자기의 대명사—더구나 일본말로 부르는 것을 알아듣지 못한 칠백칠십사 호의 영감(곧 내 뒤에 앉은)은 역시 아무 대답이 없었다. 나는 참다못해 그를 꾹 찔렀다. 놀래서 덤비는 대답이 그때야 겨우 들렸다—.

"예, 하이."

"나제 하야꾸 헨지오 시나이(왜 빨리 대답을 안 하나)? 이리 나와!"

이렇게 부장은 고함쳤다. 그러나 영감은 가만 있었다. 고요한 가운데 소리 하나 없다.

"이리 오너라!"

두 번째의 소리가 날 때에 영감은 허리를 구부리고 그의 앞에 갔다. 한순간 공기를 헤치는 날카로운 소리와 함께, 이것 역시 경험 때문에 손익게 된 솜씨인, 드는 손 보이지 않는 채찍은 영

감의 등에 나리었다.

영감은 가만 있었다. 그러나 눈에는 눈물이 있었다. 칠백칠십사 호 뒤의 번호들이 불리운 뒤에 정신차리라는 책망과 함께 영감은 자기 자리에 돌아오고 감방 문은 다시 닫혔다.

이상한 일이거니와 한 사람이 벌을 받으면 방 안의 전체가 떨린다. (공분이라든가 동정이라든가는 결코 아니다) 몸만 떨릴 뿐 아니라 염통*까지 떨린다. 이 떨림을 처음 경험한 것은 경찰서에서 세 시간을 연하여 맞은 뒤에 구류실에 들어가서 두 시간을 사시나무 떨 듯 떨던 때였다. 죽지나 않나까지 생각되었다. (지금은 매일 두세 번씩 당하는 현상이거니와……)

방은 죽음의 방같이 소리 하나 없었다. 숨도 크게 못 쉰다. 누구나 곁을 보면 거기는 악마라도 있는 것처럼 보려도 안 한다. 그들에게 과연 목숨이 남아 있는지?

좀 있다가 점검이 끝났는지 간수들의 발소리가 도로 우리 방 앞을 지나갔다. 그때에 아까 그 영감의 조그만 소리가 겨우 침묵을 깨뜨렸다—.

"집엔 그 녀석(간수)보담 나이 많은 아들이 두 녀석이나 있쉐다가레……."

덥다.

몇 도(度)인지, 백십 도, 혹은 그 이상인지도 모르겠다.

매일 아침 경험하는 바와 같이 동쪽 하늘에 떠오르는 해를 '저 해가 이제 곧 무르녹일 테지' 생각하면 그 예언을 맞추려는 듯이 해는 어느덧 방 안을 무르녹인다.

다섯 평이 좀 못 되는 이 방에 처음에는 스무 사람이 있었지만, 몇 방을 합칠 때에 스물여덟 사람이 되었다. 그때에 이를 어찌하노 하였다. 진남포 감옥에서 공소로 넘어온 사람까지 서른네 사람이 되었을 때에 우리는 한숨을 쉬었다. 그러나 신의주와 해주 감옥에서 넘어온 사람까지 하여 마흔한 사람이 될 때에 우리는 한숨도 못 쉬었다. 혀를 채었다.

곧 추녀 끝에 걸린 듯한 뜨거운 해는 끊임없이 더위를 보낸다. 몸 속에 어디 그리 물이 많았던지 아침부터 계속하여 흘린 땀이 마냥 멎지 않고 흐른다. 한참 동안 땀에 힘없이 앉아 있던 나는, 마지막 힘을 내어 담벽을 기대고 흐늘흐늘 일어섰다. 지옥이었다. 빽빽이 앉은 사람들은 모두들 힘없이 머리를 늘이우고 입을 송장같이 벌리고, 흐르는 침과 땀을 씻을 생각도 안 하고 먹먹히 앉아 있다. 둥그렇게 구부러진 허리, 맥없이 무릎 위에 놓인 손, 뚱뚱 부은 시퍼런 얼굴에 힘없이 벌어진 입, 정기 없는 눈, 흩어진 머리와 수염, 모든 것이 죽은 사람이다. 이것이 과연 아침에 세면소까지 뛰어갔으며 두 시간 전에 점심을 먹느라고 움

직인 사람들인가? 나의 곤하여 둔하게 된 감각에도 눈이 쓰린 역한 내음새가 쏜다.

그들은 무얼 하러 여기 왔나? 바람 불고 잘 자리 있고 담배 있는 저 세상에서 무얼 하러 여기 왔나? 사랑스러운 손주가 있는 사람도 있겠지. 이쁜 아내가 있는 사람도 있겠지. 그리고 그들은 자유로 먹고, 마시고, 바람을 쏘이고 자유로 자고 있었을 테다. 그렇던 사람들이 어떤 요구로 여기를 왔나?

그러나 지금의 그들의 머리에는 독립도 없고, 민족 자결도 없고, 자유도 없고, 사랑스러운 아내나 아들이며 부모도 없고, 또는 더위를 깨달을 만한 새로운 신경도 없다. 무거운 공기와 더위에게 괴로움받고 학대받아서, 조그맣게 두개골 속에 웅크리고 있는 그들의 피곤한 뇌에 다만 한 가지의 바람이 있다 하면, 그것은 냉수 한 모금이었다. 나라를 팔고 친척을 팔고 또는 뒤에 이를 모든 행복을 희생해서라도 바꿀 값이 있는 것은 냉수 한 모금밖에는 없었다.

즉 그때에 걸핏 떠오른 것은(때때로 당하는 현상이거니와) 쫄쫄 쫄쫄 흐르는 샘물과 표주박이었다.

"한번만 먹여 다고, 제발……."

나는 누구에게 비는지 모르게 빌었다. 그리고 힘없는 눈을 또다시, 몸과 몸이 서로 닿아 썩어서 몸에는 종기투성이요, 전 인

원의 십분의 칠은 옴쟁이*인 무리로 향하였다. 침묵의 끝없는 시간은 그냥 흐른다.

나는 도로 힘없이 앉았다.

"에, 더워 죽겠다!"

마지막 '죽겠다'는 구(句)는 똑똑히 들리지 않도록 누가 토하는 듯이 말하였다. 그러나 아무도 거기 대꾸할 용기가 없는지, 또 끝없는 침묵이 연속된다.

머리나 몸 가운데 어느 것이든 노동하지 않고는 사람은 못 사는 것이다. 그 사람들이 몇 달 동안을 머리를 쓸 재료가 없이, 몸을 움직일 틈이 없이 지내 왔으니 어찌 견딜 수가 있을까? 그것도 이 더위에…….

더위는 저녁이 되어 가며 차차 더해진다. 모든 세포는 개개의 목숨을 가진 것 같지, 더위에 팽창한 몸의 한 부분이라고는 생각할 수가 없었다. 무겁고 뜨거운 공기가 허파에 들어갔다 나올 때마다 더위는 더해진다. 이러고야 어찌 열병 환자가 안 날까?

닷새 전에 한 사람 병감으로 나가고, 그저께 또 한 사람 나가고, 오늘 또 두 사람이 앓고 있다.

우리는 간수가 와서 병인*을 병감으로 데리고 나갈 때마다 부러운 눈으로 그들을 보았다. 거기는 한 방에 여남은 사람밖에는 두지 않았다. 그리고 그들에게는 '물'약을 주었다. 뿐만 아니라,

그들은 맑은 공기를 마실 기회가 있었다.

"오늘이 일요일이지요?"

나는 변기에 올라 앉아서 어두운 전등빛에 이를 잡으면서 곁에 서 있는 사람에게 물었다. (우리는 하룻밤을 삼분하고, 사람을 삼분하여, 번갈아 잠을 자고, 남은 사람은 서서 기다리기로 하였다)

"내니 암네까? 좋은 팁네다만, 삼일날인디 주일날인디……."

종소리는 그냥 뗑―뗑― 고요한 밤하늘에 울려 온다. 그것은 마치 '여기는 자유로 냉수를 마시고 넓은 자리에서 잘 수 있는 사람이 있다'는 것처럼…….

"사람의 얼굴이 좀 보고 싶어서……."

"그래요, 정 사람의 얼굴이 보구 파요."

"종소리 나는 저 세상엔 물두 있을 테지. 넓은 자리두 있을 테지. 바람두, 바람두 불 테지……."

이렇게 나는 혼자 중얼거렸다.

"물? 물? 여보 말 마오. 나두 밖에 있을 땐 목마르믄 물도 먹고, 넓은 자리에서 잔 사람이외다."

그는 성가신 듯이 외면을 한다.

그 말을 듣고 보니 나도 밖에 있을 때는 자유로 물을 먹었다.

자유로 버드렁거리며 잤다. 그러나 그것은 지나간 옛적의 꿈과 같이 머리에 남아 있을 뿐이다.

"아이스 크림두 있구."

이번은 이편의 젊은 사람이 나를 꾹 찔렀다.

"아이스 크림? 그것만? 여보, 그것만? 내겐 마누라도 있소. 뜰의 유월도*두 거반 익어 갈 때요."

나는 이렇게 말하였다. 즉 아까 영감이 성가신 듯이 도로 나를 보며 말한다ㅡ.

"마누라? 여보 젊은 사람이 왜 그리 철없는 소리만 하오? 난 아들이 둘씩이나 있었소.

삼월 아드렛날 멧골짜기에서 만세 부를 때, 집안이 통 떨테 나서 불렀소구레. 그르누래는데 툭탁툭탁 총소리가 나더니 데켄 앞에 있든 맏이가 꼬꾸러딥데다가레. 그래서 그리루 가볼래는데 이번은 넢에 있던 둘째두 또 꼬꾸러디디요. 한꺼번에 아들 둘을 잡아먹구⋯⋯.

그래서 정신없이 덤비누래니깐⋯⋯ 음! 그런데 노형은 마누라? 마누라가 대테 무어이요."

"그래 어찌 됐소?"

나는 그냥 이를 잡으면서 물었다.

"내가 알갔소? 난 곧 잽해 왔으니깐. 밥두 차입* 안 하구 옷두

안 보내는 걸 보느낀 죽었나 붸다."

　"난 어디카구."

　이번은 한 서너 사람 격하여* 있는 마흔아믄 난 사람이 말을 시작하였다—.

　"그날 자꾸 부르구 있누래니낀, 그 헌병놈들이 따라옵데다. 그래서 도망덜해서 뫼기슭꺼정은 갔는데 뒤를 보아야 더 뛸 데가 없습데다가레. 궁한 쥐, 괭이게 달려든다구 할 수 있습데까? 맞받아 나갔디요. 그르니낑 총을 놓기 시작하는데 그러구 여게서 하나 더게서 하나 푹푹 된장독 넘어디덧 꼬꾸라디는데……."

　그는 여기서 잠깐 말을 멈추고 그때 일을 생각하는 듯하더니 다시 말을 시작한다—.

　"그르누래는데 우리 아우가 맞아 넘어집데다가레. 그래서 뒤집어 업구 도망할래는데 고만 나두 맞아 넘어졌디요. 정신을 차리니낀 밤중인데, 들어 춥기만 합데다. 옴쭉을 못하갔는걸, 계와, 벌벌 기어서 좀 가누라니낀 웅성웅성하는 사람 소리가 나갔디요. 아, 사람의 소릴 들으니끼 맥이 푹 풀리는데, 고만 쓰러데서 옴쭉을 못 하갔시오. 그래서 가만 있누라니끼, 발자국 소리가 가까워 오믄성 '여개두 죽은 넘 하나 있군' 하더니 날 툭 찹데다가레. 그래서 앓는 소릴 하니낀 죽디 않았다구 들것에다가 담는데, 그때 보느낀 헌병덜이야요. 사람이 막다른 골에 들믄

죽디 않게 났습데다. 약질두 안 하구 그대루 내버려 둔 거이 이
진 다 나아시요.”
하며 그가 피투성이의 저고리 자락을 들치니까 거기는 다 나은
흐므러진 총알 자리가 있다.

“난 우리 아바진 (난 맹산서 와시요) 우리 아바진 헌병대 구류
당에서 총 맞아 없어서요. 50인이나를 구류당에 몰아넣구 기관
총으루…… 도죽놈들!”

서 있기로 된 사이에는 한담*이며 회고담들이 사괴어졌다.

그러나 우리들(자지 않고 서서 기다리기로 한 사람들) 가운데도
벌써 잠이 든 사람이 꽤 많았다. 서서 자는 사람도 있다. 변기
위 내 곁에 앉았던 사람도 끄덕끄덕 졸다가 툭 변기에서 떨어졌
다. 떨어진 그대로 잔다. 아래 깔린 사람도 송장이 아닌 증거로
는 한두 번 다리를 버둥거릴 뿐 그냥 잔다.

나도 어느덧 잠이 들었는지 모르겠다. 가슴이 답답하여 깨니
까 (매일 밤 여러 번씩 겪는 현상이거니와) 내 가슴과 머리는 온
통 남의 다리(수십 개의) 아래 깔려 있다. 그것들을 움으적움으
적 겨우 뚫고 일어나서, 그냥 어깨에 걸려 있는 몇 개의 남의 다
리를 치워 버리고 무거운 김을 배알았다.*

다리 진열장이었다. 머리와 몸집은 어디 갔는지 방 안에 하나
도 안 보이고, 다리만 몇 겹씩 포개이고 포개이고 하여 있다. 저

편 끝에서 다리가 하나 버드렁거리는가 하면, 이편 끝에서는 두 다리가 움질움질하고……. 그것도 송장의 것과 같은 시퍼런 다리를. 이, 사람의 세계를 멀리 떠난 그들에게도 사람과 같이 꿈이 꾸어지는지 (냉수 마시는 꿈이라도 꾸는지 모르겠다) 때때로 다리들 틈에서 꿈 소리가 나온다.

아아, 그들도 집에 돌아만 가면 빈약*하나마 자기 잘 자리는 넉넉할 것을…….

저편 끝에서 다리가 열여덟 개 들썩들썩하더니 그 틈으로 머리가 하나 쑥 나오다가 긴 한숨을 내쉬고 도로 다리 속으로 스러진다.

그것을 어렴풋이 본 뒤에 나도 자려고 맥난 몸을 남의 다리에 기대었다.

아침 세수를 할 때마다 깨닫는 것은, 나는 결코 파래지* 않았다는 것이었다. 부었는지 살쪘는지는 모르지만, 하루 종일 더위에 녹고 밤새도록 졸음과 땀에게 괴로움받은 얼굴을 상쾌한 찬물로 씻을 때마다 깨닫는 바가 이것이다. 거울이 없으니 내 얼굴은 알 수 없고 남의 얼굴은 점진적(漸進的)이니 모르지만 미끄러운 땀을 씻고 보등보등한 뺨을 만져 볼 때마다 나는 결코 파래지 않았다는 것을 깨닫는다. 그리고 이 세수 뒤의 두세 시간

이 우리들의 살림 가운데는 그중 값이 있는 시간이며 그중 사람 비슷한 살림이었다. 이때뿐이 눈에는 빛이 있고 얼굴에는 산 사람의 기운이 있었다. 심지어는 머리도 얼마간 동작하며, 혹은 농담을 하는 사람까지 생기게 된다. 좀(단 몇 시간만) 지나면, 모든 신경은 마비되고, 머리를 늘이고, 떠도 보지를 못하는 눈을 시리감고, 끓는 기름과 같이 숨을 헐떡거릴 사람과 이 사람들 새에는 너무 간격이 있었다.

"이따는 또 더워질 테지요?"

나는 곁의 사람에게 이렇게 말하였다.

"더워요? 덥긴 왜 더워? 이것 보구려, 오히려 추운 편인데……."

그는 엄청스럽게 몸을 떨어 본 뒤에 웃는다.

아직 아침은 서늘한 유월 중순이었다. 캘린더가 없으니 날짜는 똑똑히 모르되 음력 단오를 좀 지난 때였었다. 하루 진일 받은 더위를 모두 발산한* 아침은 얼마간 서늘하였다.

"노형, 어제 공판 갔댔디요?"

이렇게 나는 그 사람에게 물었다.

"예."

"바깥 형편이 어떻습디까?"

"형편꺼정이야 알겠소? 그저 퍼프라두 새파랗구, 구름두 세차

게 날아다니구, 말하자면 다 살은 것 같습디다. 땅바닥꺼정 움
직이는 것 같구, 사람들두 모두 상판이 시커먼 것이 우리 보기
에는 도둑놈 관상입디다."

"그것을 한번 봤으면……."

나는 한숨을 쉬었다. 삼월 그믐, 아직 두꺼운 솜옷을 입고 지
낼 때 이곳에 들어온 나는 퍼프라가 푸른빛이었는지, 녹빛이었
는지 똑똑히 모른다.

"노형두 수일 공판 가겠디요?"

"글쎄, 언제 한 번은 갈 테지요—그런데 좋은 소식은 못 들었
소?"

"글쎄, 어제 이야기한 거같이 쉬 독립된답니다."

"쉬?"

"한 열흘 있으면 된답니다."

내가 거기 대꾸를 하려 할 때에, 곁방에서 담벽을 두드리는 소
리가 들렸다. 그것은 ㄱㄴㄷ과 ㅏㅑㅓㅕ를 수(數)로 한 우리의
암호 신호였다.

"무, 엇, 이, 오."

이렇게 나는 두드렸다.

"좋, 은, 소, 식, 있, 소, 독, 립, 은, 다, 되, 었, 다, 오."

"어, 디, 서, 들, 었, 소."

"오, 늘, 아, 츰, 차, 입, 밥, 에, 편, ス."

여기까지 오던 신호는 뚝 끊어졌다.

"보구려, 내 말이 옳지 않나……."

아까 사람이 자랑스러운 듯이 수근거렸다.

"곁방에서 공판 갈 사람을 불러낸다. 오늘은……."

"노형, 꼭 가디?"

"글쎄, 꼭 가야겠는데, 사람두 보구, 시퍼런 나무들두 보구, 넓은 데를……."

그러나 우리 방에서는 어제 간수 부장에게 매맞은 그 영감과 그 밖에 영원, 맹산 등 사람 두셋이 불려 나갈 뿐 나는 역시 그 축에서 빠졌다.

"언제든 한번 간다."

나는 맛없고 골이 나서 속으로 중얼거렸다. 그러나 그 '언제 는'이 과연 언제일까. 오늘은 꼭, 오늘은 꼭, 이리하여 석 달을 밀어 온 나였다. '영원'과 같이 생각되는 석 달을 매일 아침마다 공판 가기를 기다리면서 지내 온 나였었다. '언제 한 때'란 과연 언제일까? 이런 석 달이 열 번 거듭하면 서른 달일 것이다.

"노형은 또 빠졌구려!"

"싫으면 그만두라지, 도죽놈들!"

"이제 한 번 안 가리까?"

"이제? 이제가 대체 언제란 말이오? 십 년을 기다려두 그뿐, 이십 년을 기다려두 그뿐……."

"그래두 한 번이야 안 가리까?"

"나 죽은 뒤에 말이오?"

나는 그에게까지 역정을 내었다.

좀 뒤에 아침밥을 먹을 때까지도 나의 마음은 자못 편치 못하였다. 그것은 바깥을 구경할 기회를 빨리 지어 주지 않는 관리에게 대함이람보다, 오히려 공판에 불려 나가게 된 행복된 사람들에게 대한 무거운 시기에 가까운 것이었다.

점심을 먹고, 비린내 나는 냉수를 한 대접 다 마신 뒤에 매일 간수의 눈을 기어 가면서 장난하는 바와 같이, 밥그릇을 당기어서 거기 아직 붙어 있는 밥알을 모두 긁어서 이기기* 시작하였다. 갑갑하고 답답하고 서로 이야기하는 것을 허락치 않고, 공상을 하자 하여도 이젠 벌써 재료가 없어진 우리가 가질 수 있는, 다만 하나의 오락이 이것이었다. 때가 묻어서 새까맣게 될 때는 그 밥알은 한 덩어리의 떡으로 변한다. 그 떡은, 혹은 개, 혹은 도야지, 때때로는 간수의 모양으로 빚어져서 마지막에는 변기 속으로 들어간다……

한참 내 손 속에서 움직이던 떡 덩이는—뿔은 좀 크게 되었지

만 한 마리의 얌전한 소가 되어 내 무릎 위에 섰다. 나는 머리를 들었다.

—아직 장난에 취하여 몰랐지만 해는 어느덧 또 무르녹이기 시작하였다. 빈대 죽인 피가 여기저기 묻은 양회* 담벽에는 철창 그림자가 똑똑히 그려져 있다. 사루는 듯한 더위는 등지고 있는 창 밖에서 등을 탁 치고, 안고 있는 담벽에서 반사하여 가슴을 탁 치고, 곁에 빽빽이 있는 사람의 열기로 온몸을 썩인다. 게다가 똥 오줌 무르녹은 내음새와 살 썩은 내음새와 옴약 내에, 매일 수없이 흐르는 땀 썩은 내음새를 합하여 일종의 독가스를 이룬 무거운 기체는 방에 가라앉아서 환기까지 되지 않는다. 우리의 피곤하여 둔하게 된 감각으로도, 넉넉히 깨달을 수 있는 역한 내음새였다. 간수가 가까이 와서 들여다보지 않는 것도 당연한 일이었다.

그러고 보니 생각나거니와 나—뿐 아니라 온 사람의 몸에는 종기투성이었다. 가득 차고 일변 증발하는 변기 위에 올라앉아서 뒤를 볼 때마다 역정 나는 독한 습기가 엉덩이에 묻어서 거기서 생긴 종기를 이와 빈대가 온몸에 퍼쳐서* 종기투성이 아닌 사람이 없었다.

땀은 온몸에서 뚝뚝—이라는 것보다 쫠쫠 흐른다.

"에—, 땀."

나는 힘없이 중얼거렸다. 이상한 수수께끼와 같은 일이었다. 밥 먹은 뒤에 냉수를 벌컥벌컥 마시면, 이삼십 분 뒤에는 그 물이 모두 땀으로 되어 땀구녕으로 솟는다. 폭포와 같다 하여도 좋을 땀이 목과 가슴에서 흘러서 온몸에 벌레가 기어다니는 것 같이 그 불쾌함은 말할 수 없다.

그러나 땀을 씻는 사람은 하나도 없다. 손가락 하나라도 움직이면 초열 지옥(焦熱地獄)에라도 떨어질 것같이 흐르는 땀을 씻으려는 사람도 없다.

'얼핏 진찰감(診察監)에 보내어 다고.'

나의 피곤한 머리는 이렇게 빌었다. 아침에 종기를 핑계삼아 겨우 빌어서 진찰하러 갈 사람 축에 든 나는, 지금 그것밖에는 바랄 것이 없었다. 시원한 공기와 넓은 자리를 (다만 일이십 분 동안이라도) 맛보는 것은 여간한 돈이나 명예와는 바꿀 수 없는 귀중한 것이었다. 그것뿐만 아니라. 입감* 이래로 안부는커녕, 어느 감방에 있는지도 모르는 아우의 소식도 알는지도 모르겠다.

즉 뜻하지 않게 눈에 떠오른 것은 집의 일이었다. 희다 못하여 노랗게까지 보이는 햇빛에 반사하는 양회 담벽에 먼저 담배와 냉수가 떠오르고 나의 넓은 자리가 (처음 순간에는 어렴풋하였지만) 똑똑히 나타났다. (어찌하여 그런 조그만 일까지 똑똑히

보였던지 아직껏 이상하게 생각하거니와) 파리만 한 마리 성냥갑에서 담뱃갑으로 도로 성냥갑으로 왔다 갔다 한다.

"쌍!"

나는 뜨거운 기운을 배알았다.

"파리까지 자유로 날아다닌다."

성낼래야 성낼 용기까지 없어진 머리로 억지로 성을 내고, 눈에서 그 그림자를 지워 버리려 하였다. 그러나 담배와 냉수는 곧 없어졌지만 성가신 파리는 끝끝내 떨어지지를 않았다.

나는 손을 들어서 (마치 그 파리를 날리려는 것같이) 두어 번 얼굴을 부친 뒤에 맥없이 아까 만든 소를 쥐었다.

공기의 맛이 달다고는, 참으로 경험해 보지 못한 사람은 뜻도 못할 일일 것이다. 역한 내음새 나는 뜨거운 기운을 배알고 달고 맑은 공기를 들이마시는 처음 순간에는 기절할 듯이 기뻤다.

서늘한 좋은 일기였다. 아까는 참말로 더웠는지, 더웠으면 그 더위는 어디로 갔는지, 진찰감으로 가는 동안 오히려 춥다 해도 좋을 만치 서늘하였다.

그러나 그보다도 더 기쁜 것은 아우를 만난 일이었다.

"어느 방에 있니?"

나는 머리는 간수에게 향한 채로 조그만 소리로 물었다.

"사 감 이 방에—."

나는 조금 있다가 또 물었다—.

"몇 사람씩이나 있니? 덥지?"

"모두들 살이 뚱뚱 부었어……."

"도죽놈들, 우리 방엔 사십여 인이 있다. 몸뚱이가 모두 썩는다. 집엔 오히려 넓어서 걱정인 자리가 있건만. 너 그새 앓지나 않았니?"

"감옥에선 앓을래야 병이 안 나. 더워서 골치만 쏘디……."

"어떻게 여기(진찰감) 나왔니?"

"배 아프다구 거짓부리* 하구……."

"난 종기투성이다. 이것 봐라."

하면서 나는 바지를 걷고 푸릿푸릿한 종기를 내어놓았다.

"그런데 너희 방에 옴쟁이는 없니?"

"왜 없어……."

그는 누구도 옴쟁이고 누구도 옴쟁이고, 알 이름 모를 이름 하여 한 일여덟 사람 부른다.

"그런데 집에선 면회를 왜 안 오는디……."

"글쎄 말이다. 모두들 죽었는지."

문득 아직껏 생각도 해보지 않은 일이 머리에 떠오른다. 석 달 동안을 바깥 사람이라고는 간수들밖에는 보지 못한 우리에게는

바깥이 어떤 형편인지는 모를 지경이었다. 간혹 재판소에 갔다 오는 사람도 있기는 하지만, 거기 다니는 길은 야외라, 성 안 형편은 아직 우리가 여기 들어올 때와 같이 음울한 기운이 시가를 두르고 상점은 모두 철전*을 하고 있는지, 혹은 전과 같이 거리에는 흥정이 있고, 집안에서는 웃음소리가 터지며, 예배당에는 결혼하는 패도 있으며, 사람들은 석 달 전에 일어난 그 사건을 거반* 잊고 있는지 보기는커녕 알지도 못할 일이었다. 일가나 친척의 소소한* 일은 더구나 모를 일이었다.

"다 무슨 변이 생겼나 부다."

"그래두 어제 공판 갔던 사람이 재판소 앞에서 맏형을 봤다는 데……."

아우는 근심스러운 얼굴로 이렇게 말하였다. 그러나 그 아우의 마지막 '봤다는데' 라는 말과 함께,

"천십칠 호!"

하고 고함치는 소리가 귀에 울렸다. 그것은 내 번호였다.

"네!"

"딘찰."

나는 빨리 일어서서 의사 앞으로 갔다.

"오데가 아파?"

"여기요."

하고 나는 바지를 벗었다. 의사는 내가 내놓은 엉덩이와 넓적다리를 걸핏 들여다보고, 요만한 것을…… 하는 듯한 얼굴로 말없이 간병수에게 내맡긴다. 거기서 껍진껍진한 고약을 받아서 되는 대로 쥐어 바르고 이번엔 진찰 끝난 사람 축에 앉았다.

이때에 아우는 자기 곁에 앉은 사람과 (나 앉은 데서까지 들리도록) 무슨 이야기를 둥둥 하고 있었다. 나는 깜짝 놀라서 간수를 보았다. 간수는 아우를 주목하는 모양이었다.

나는 기지개를 하는 듯이 손을 들었다. 아우는 못 보았다. 이번은 크게 기침을 하였다. 그러나 그는 못 들은 모양이었다. 가슴이 떨리기 시작하였다.

"알귀야* 할 터인데."

몸을 움즉움즉하여 보았지만, 그는 이야기에 정신이 팔려서 그냥 그치지 않고 하다가, 간수가 두어 걸음 자기에게 가까이 올 때야 처음으로 정신을 차리고 시치미를 떼었다. 그러나 간수는 용서하지 않았다. 채찍의 날카로운 소리가 한 번 나는 순간, 아우는 어깨에 손을 대고 쓰러졌다.

피와 열이 한꺼번에 솟아올라 나는 눈이 아득하여졌다.

좀 있다가 감방으로 돌아올 때에 빨리 곁눈으로 아우를 보니, 나를 보내는 그의 눈에는 눈물이 가득하여 있었다. 무엇이 어리고 순결한 그의 눈에 눈물을 고이게 하였나?

나는 바라고 또 바라던 달고 맑은 공기를 맛보기는 맛보았지만, 이를 맛보기 전보다 더 어둡고 무거운 머리를 가지고 감방으로 돌아오게 되었다.

저녁을 먹은 뒤에 더위에 쓰러져 있던 나는 아직 내가지 않은 밥그릇에서 젓가락을 꺼내어 손수건 좌우편 끝을 조금씩 감아서 부채와 같이 만들어서 부쳐 보았다. 훈훈하고 내음새 나는 바람이 땀 위를 살짝 스쳐서, 그래도 조금의 서늘함을 맛볼 수가 있었다. 이맛* 지혜가 어찌하여 아직 안 났던고. 나는 정신 잃은 사람과 같이 팔을 둘렀다. 이 감방 안에서는 처음의, 내음새는 나지만 약간의 바람이 벌레 기어 다니는 것같이 흐르던 가슴의 땀을 증발시키느라고 꿀 같은 냉미를 준다. 천장에 딱 붙은 전등이 켜졌다. 그러나 더위는 줄지 않았다. 손수건의 부채는 온 방 안이 흉내내어 나의 뒷사람으로 말미암아 등도 부쳐졌다. 썩어진 공기가 움직인다.

그러나 우리들의 부채질은 재판소에서 돌아오는 사람들 때문에 중지되지 않을 수가 없었다. 우리 방에서 나갔던 서너 사람도 돌아왔다. 영원 영감도 송장 같은 얼굴로 돌아왔다.

나는 간수가 돌아간 뒤에 머리는 앞으로 향한 대로 손으로 영감을 찾았다—

“형편 어떻습디까?”

“모르겠소.”

“판결은 어떻게 됐소?”

영감은 대답이 없었다. 그의 입은 바늘로 호라메우지나* 않았나? 그러나 한참 뒤에 그는 겨우 대답하였다. 그의 목소리는 대단히 떨렸다—.

“태형 구십 도랍디다.”

“거 잘됐구려! 이제 사흘 뒤에는, 담배도 먹구 바람도 쏘이구…… 난 언제나…….”

“여보, 잘돼시오? 무어이 잘된단 말이오? 나이 칠십 줄에 들어서 태 맞으면—말하기두 싫소. 난 아직 죽긴 싫어! 공소(控訴)했쉐다.”

그는 벌컥 성을 내어 내게 달려들었다. 그러나 그의 말을 들은 뒤의 내 성도 그에게 지지를 않았다.

“여보, 시끄럽소. 노망했소? 당신은 당신이 죽겠다구 걱정하지만, 그래 당신만 사람이란 말이오? 이 방 사십여 인이 당신 하나 나가면 그 만큼 자리가 넓어지는 건 생각지 않소? 아들 둘 다 총에 맞아 죽은 다음에 뒤상* 하나 살아 있으면 무얼 해? 여보!”

나는 곁에 있는 다른 사람들에게 향하였다—.

“여기 태형 언도에 공소한 사람이 있답니다.”

나는 이상한 소리로 껄껄 웃었다.

다른 사람들도 영감을 용서치 않았다. 노망하였다. 바보로다. 제 몸만 생각한다. 내쫓아라. 여러 가지의 평이 일어났다.

영감은 대답이 없었다. 길게 쉬는 한숨만 우리의 귀에 들렸다. 우리들도 한참 비웃은 뒤에는 기진*하여 잠잠하였다. 무겁고 괴로운 침묵만 흘렀다.

바깥은 어느덧 어두워졌다. 대동강 빛과 같은 하늘은 온 세상을 덮었다. 그 밑에서 더위와 목마름에 미칠 듯한 우리들은 아무 말 없이 앉아 있었다. 우리들의 입은 모두 바늘로 호라메우지나 않았나.

그러나 한참 뒤에 마침내 영감이 나를 찾는 소리가 겨우 침묵을 깨뜨렸다.

"여보!"

"왜 그러오?"

"그럼 어떡하란 말이오?"

"이제라두 공소를 취하해야지!"

영감은 또 먹먹하였다. 그러나 좀 뒤에 그는 다시 나를 찾았다—

"노형 말이 옳소. 내 아들 두 놈은 덩녕쿠 다 죽었쉐다. 난 나혼자 이제 살아서 무얼 하갔소? 취하하게 해주소."

"진작 그럴 게지. 그럼 간수 부릅니다."

"그래 주소."

영감은 떨리는 소리로 말하였다.

나는 패통*을 쳤다. 간수는 왔다. 내가 통역을 서서 그의 뜻(이라는 것보다 우리의 뜻)을 말하매 간수는 시끄러운 듯이 영감을 끌어내 갔다.

자리에 돌아올 때에, 방 안 사람들의 얼굴을 보니, 그들의 얼굴에는 자리가 좀 넓어졌다는 기쁨이 빛나고 있었다.

모깡, 이것은 십여 일 만에 한 번씩 가질 수 있는 우리의 가장 큰 행복이다.

"모깡!"

간수의 호령이 들릴 때에 우리들은 줄을 지어서 뛰어나갔다.

뜨거운 해에 쪼인 시멘트 길은 석 달 동안을 쉰 우리의 발에는 무섭게 뜨거웠다. 그러나 그것은 우리의 즐거움의 하나였었다. 우리는 그 길을 건너서 목욕통 있는 데로 가서 옷을 벗어 던지고, 반고형(半固型)이라 하여도 좋을 꺼룩한 목욕물에 뛰어들어갔다.

무엇이라고 형용할 수 없는 즐거움이었다. 곧 곁에는 수도가 있다. 기기서는 언제든 맑은 물이 나온다. 그것은 우리들의 머

리에서 한때도 떠나 보지 못한 '달콤한 냉수'였다. 잠깐 목욕통에서 덤빈 나는 수도로 나와서 코끼리와 같이 물을 먹었다.

바깥에는 여러 복역수들이 일을 하고 있었다. 그것도 (갑갑함에 겨운) 우리들에게는 부러움의 푯대이었다. 그들은 마음대로 바람을 쏘일 수가 있었다. 뿐만 아니라, 그들에게는 갑갑함이 없었다.

즉, 어느덧 끊치라는* 간수의 호령이 울렸다. 우리의 이십 초 동안의 목욕은 이에 끝났다. 우리는 (매를 맞지 않으려고) 시간을 유예치 않고 빨리 옷을 입은 뒤에 간수를 따라서 감방으로 돌아왔다.

꼭 가장 더울 시각이었다. 문을 닫는 다음 순간, 우리는 벌써 더위 속에 파묻혔다. 더위는 즐거움 뒤의 복수라는 듯이 용서없이 우리를 나려쪼인다.

"벌써 덥다!"

나는 혼자말로 중얼거렸다.

"매를 맞구라두 좀더 있을걸……."

누가 이렇게 말한다. 서너 사람의 웃음 비슷한 소리가 들렸다. 그러나 그 뒤에는 먹먹하였다. 몇 시간 동안의 침묵이 연속되었다.

우리는 무서운 소리에 화닥닥 놀랐다. 그것은 단말마*의 부르

짖음이었다.

　"하도오쓰(하나), 후디아쓰(둘)."

　간수의 헤어 나가는 소리와 함께,

　"아이구 죽겠다, 아이구 아이구!"

　부르짖는 소리가 우리의 더위에 마비된 귀를 찔렀다. 그것은
태 맞는 사람의 부르짖음이었다.

　서른까지 헤인 뒤에 간수의 소리는 없어지고 태 맞은 사람의
앓는 소리만 우리의 귀에 들렸다.

　둘째 사람이 태형대에 올라간 모양이다.

　"하도오쓰."

하는 간수의 소리에 연한 것은,

　"아유!"

하는 기운 없는 외마디의 부르짖음이었다.

　"후다아쓰."

　"아유!"

　"미이쓰(셋)."

　"아유!"

　우리는 그 소리의 주인을 알았다. 그것은 어젯밤 우리가 내쫓
은 그 영원 영감이었다. 쓰린 매를 맞으면서도 우렁찬 신음을
할 기운도 없이 '아유' 외마디의 소리로 부르짖는 것은 우리가

억지로 매를 맞게 한 그 영감이었다.

"요오쓰(넷)."

"아유!"

"이쓰으쓰(다섯)."

"후—."

나는 저절로 목이 늘어지는 것을 깨달았다. 나의 머리에는 어젯밤 그가 이 방에서 끌려나갈 때의 꼴이 떠올랐다.

"칠십 줄에 늙은이가 태 맞구 살길 바라갔소? 난 아무케 되든 노형들이나……."

그는 이 말을 채 맺지 못하고 간수에게 끌려나갔다. 그리고 그를 내쫓은 장본인은 나였었다.

나의 머리는 더욱 숙여졌다. 멀거니 뜬 눈에서는 눈물이 나오려 하였다. 나는 그것을 막으려고 눈을 힘껏 감았다. 힘있게 닫힌 눈은 떨렸다.

십대들을 위한

감상의 길잡이

■ 김동인 문학 자세히 읽기
단편소설의 확립과 다양한 예술 사조의 실험

■ 김동인 문학사전

■ 논술 포인트 10

단편소설의 확립과 다양한 예술 사조의 실험

고봉준(문학평론가)

1. 머리말

김동인(金東仁, 1900~1951)은 『창조』 동인으로 우리 근대 문학사에서 중요한 자리를 차지하고 있는 작가이다. 그는 한국 근대 문학사에 단편소설 양식을 확립시킨 작가로 평가되며, 또한 자연주의 문학을 최초로 확립한 작가로 평가되기도 한다. 나아가 그는 최초의 유미주의 작가였으며, 다양한 문예 사조의 작품을 실험한 작가이기도 하다.

▲ 김동인.

김동인은 1919년 『창조』의 창간호에 처녀작 「약한 자의 슬픔」을 발표하면서 문단에 그 모습을 나타냈다. 등단 이후 1920년에는 단편 「피아노의 울림」, 중편 「마음이 옅은 자여」를 발표하는 한편 문학 비평가의 역할 문제를 둘러싸고 염상섭과 치열한 논쟁을 벌이기도 하였다. 그리고 1921년에는 쾌락주의적 인생관과 탐미주의 사상을 표현한 대표적인 단편 「배따라기」를 발표하였으며, 그 외에도 「목숨」 「박제자」 등을 발표하였다. 1923년에는 단편 「이 잔을」 등을 발표하였는데, 특히 이 작품은 예수를 주인공으로 한 소설로 그의 기독교에 대한 관심과 태도를 보여주는 이색적인 작품이다.

1924년부터 그는 『창조』의 후신인 『영대』를 간행하며 단편 「유서」 「거치른 터」 등을 발표하였고, 1925년에는 단편 「정희」 「명문」 「감자」 「시골 황 서방」 「눈보라」 등 자연주의적 인생관을 짙게 반영하고 있는 일련의 작품들을 발표하였다. 1929년부터는 단편 「광염 소나타」 「송동이」 「K 박사의 연구」와 그의 최초 장편인 『젊은 그들』 등을 발표하였다. 1930년에는 단편 「죄와 벌」 「증거」 「순정」 「구두」 「포플러」 「신앙으로」 「여인」 「뺏기운 대금업자」 등을, 1931년에는 「발가락이 닮았다」 「거지」 『대수양』 등을, 1932년에는 단편 「붉은 산」 「적막한 저녁」과 장편 『아기네』 등을 발표하는 등 왕성한 창작욕을 펼쳐 보였다. 이 중에서 「신앙으로」는 극심한 삶의 시련을 겪은 후 그가 깨달은 신앙에 대한 긍정적 태도가 엿보이는 작품이며, 「붉은 산」은 그의 민족주의적 성향을 잘 보여주는 작품이다.

근대 문학사에서 김동인에 대한 평가는 『창조』와 분리되어 말해질 수 없다. 『창조』는 1919년 2월 1호를 시작으로 1921년 5월 9호까지 발간되었는데, 특히 이 동인지는 구어체 문장의 확립, 구체적

▲ 1932년 동아일보에 연재했던 장편소설 『아기네』의 표지.

문예 운동의 전개, 계몽주의의 거부와 순문학 정신, 근대 사실주의의 도입, 근대적 단편소설·문예비평의 개척 등을 통해 한국 근대 문학에 큰 영향을 미쳤다. 김동인 역시 자신의 소설에서 구어체 문장의 확립을 위해 노력하였으며, 그 구체적 특징으로 '～더라', '～이라' 등의 구투를 탈피, 현재법 서사체에서 과거법 서사체로의 개혁, 대명사 '그'의 사용, 사투리의 사용 등을 보여주었다.

이 글에서는 김동인의 소설을 그 경향에 따라 첫째, 자연주의적 경향, 둘째, 유미주의적 경향, 셋째, 민족주의적 경향 등으로 나누어 그의 소설적 경향과 특질을 고찰하고자 한다.

2. 자연주의적 경향

김동인 문학의 가장 중요한 특징 중의 하나는 자연주의이다. 김동인 문학에서 자연주의적 경향을 띠는 작품으로는 「감자」「명문」「시골 황 서방」「태형」 등을 들 수가 있는데, 이 작품들이 보여주는 자연주의적 경향으로는 물질주의적·결정론적 인간관과 반도덕성 등이다. 이는 근본적으로 그의 유년기에 형성된 쾌락주의적 인생 태도에서 연유하는 것으로 여겨진다. 특히 「배따라기」는 그의 쾌락주의적 인생 태도가 극명하게 드러나 있는 작품으로, 여기에서 작가는 우연한 사건으로 비

▲ 「배따라기」가 실려 있는
김동인 작품집.

극의 주인공이 된 한 사나이의 스토리를 통하여 비극적이고 숙명
적 인생관을 보여준다. 나아가 그는 인간의 본능적 욕망의 충족
에 의한 쾌락이 최고의 선이며, 그것의 최대의 성취가 인생의 목
표라는 원시적·쾌락주의적·반도덕적 인생관을 표명하고 있다.

그의 자연주의적 작품들에는 인간의 존재와 운명을 결정하는
요인으로 유전과 시대와 환경을 강조하는 졸라의 환경 결정론
이 깊게 투영되어 있다. 대표적인 자연주의적 경향 작품인 「명
문」은 김동인의 반형이상학적이고 반종교적인 신념을 구현한
작품으로, 여타의 작품에서 드러나는 환경 결정론과 도덕적 가
치의 부정 등 자연주의적 사고의 기틀을 보여준다. 이 작품에서
작자는 희화적인 태도로 인간 존재와 가치의 궁극적 근거로서
의 신의 존재를 부정하고 거부한다.

　"아니다, 아니야. 이말 저말 할 것 없이, 네 생애 가운데 그중 양심
에 유쾌하던 일이 제5, 제6, 제9의 계명을 범한 것이니깐, 딴 것은
미루어 알 수가 있다. 애, 이 혼을 지옥으로 데려가라!"

　"그러나 세상에서나 그렇지, 여기는 명문과 규율 밖에 더욱 긴한
것이 있지 않습니까?"

　하느님은 눈을 내려뜨고 잠시 동안 전 주사의 혼을 내려다보다가
웃었습니다.

　"하하하하! 여기도 법정이다."

―「명문」

이 작품에서 작가는 독실한 기독교 신자인 전 주사를 통해 그
의 신앙을 가장 가까운 육친인 아버지, 어머니를 통하여 신랄하

▲ 자연주의 문학의 대표적인 작품으로
   손꼽히는 「감자」의 표지.

게 야유할 뿐 아니라, 작가의 직접적인 진술로 주인공의 신앙의 대상인 하느님을 조소하고 있다. 전통적인 신앙에서 모든 존재와 가치의 궁극적·초월적 근거인 신에 대한 이러한 부정적인 태도 속에는 인간을 다만 자연적·동물적 존재로 규정하는 물질주의적 인간관과 도덕적 가치를 부정하는 자연주의적 가치관이 내재되어 있다.

　「감자」는 「명문」과 더불어 김동인 문학에서 자연주의적 인간관과 가치관을 완벽하게 구현하고 있는 작품이다. 이 작품에서 작가는 복녀라는 한 여인이 가난이라는 환경 때문에 도덕 의식을 상실하고 동물적 인간으로 타락함으로써 마침내 파멸에 이르는 과정을 관찰자적인 태도로 그리고 있다. 여기서 작자는 반사회적인 환경으로 인해 도덕성을 상실, 도덕 절멸의 동물적 존재로 전락해 가는 한 여인의 삶의 과정을 통하여 인간 존재와 운명의 결정 요인으로써 환경을 강조하는 환경 결정론과 도덕적 가치 부정의 자연주의적 인간관을 보여준다. 특히 이 작품의 결말에는 복녀라는 한 여인의 비극적인 죽음과 이 죽음을 둘러싼 세 남자의 범죄적 음모가 서술되고 있는데, 여기서 주목할 점은 복녀의 죽음의 직접적인 원인이 질투와 치정의 감정적인 폭력에 있다는 사실이다. 그녀는 도덕적 규범을 철저히 배제하고 애욕과 본능에만 집착함으로써 파멸적인 죽음을 불가피하게 만들었다. 이처럼 법과 도덕의 이성적 통제가 불가능한 환경에서 인간은 도덕 규범의 파괴뿐만 아니라 마침내 자기 존재의 파멸까지 치달을 수 있다는 사실을 작가는 복녀의 죽음을 통해 증명한다.

한편 김동인의 자연주의적 경향을 잘 보여주는 작품으로 「태형」도 살펴볼 만하다. 「태형」에서 작가는 독립 운동을 하다가 피검되어 수감 생활을 하는 주인공이 감옥이라는 열악한 환경으로 인해 점차 동물적 존재로 변모해 가는 과정을 관찰자적인 객관적 태도로 묘사하고 있다. 이 작품은 '감옥'이라는 특수한 환경을 배경으로 하고 있기 때문에 「감자」보다 더 환경 결정론에 접근되어 있으며, 세부 사항에 대한 묘사의 측면에서도 「감자」보다 더 자연주의적인 작품이다. 하지만 작품의 결말 부분에 암시되어 있는 인간의 양심과 자유 의지에 대한 긍정의 태도로 말미암아 자연주의적 작품으로서의 성격이 크게 약화되었다.

이상의 성과에도 불구하고 김동인의 자연주의는 그의 사고의 폭과 깊이의 부족으로 인해 단편소설 위주의 창작, 작품 수의 절대적인 부족 등 뚜렷한 한계를 지니고 있다.

3. 유미주의적 경향

자연주의와 더불어 김동인 문학의 중요한 특징으로 지적되는 것은 유미주의적 경향이다. 시기적으로 보자면 자연주의적 경향 이후의 시기라고 말할 수 있으며, 대체로 「광염 소나타」와 「광화사」가 여기에 속한다.

병적 광기를 내포하고 있는 그의 쾌락주의는 「배따라기」에서 영웅주의와 결합하여 극도의 반도덕성을 띠게 되며, 후일 소위 악마적 탐미주의 경향의 맹아로 작용한다. 김동인은 1929년 「한국근대소설고」라는 글에서 자신의 유미주의적 예술관에 대해서 밝히고 있는데, 아래의 인용문은 그의 유미주의가 어떠한 것인지를 정확하게 잘 보여주고 있다.

> 나는 온갖 것을 미(美)의 아래 잡아 넣으려고 하였다. 나의 욕구(欲求)는 모두 다 미(美)다, 미(美)는 미(美)다. 미(美)의 반대(反對)의 것도 미(美)다. 사랑도 미(美)이다. 미움도 또한 미(美)이다. 선(善)도 미(美)인 동시에 악(惡)도 또한 미(美)이다. 가령 이런 광범(廣範)한 의미(意味)의 법칙(法則)에까지 상반(相反)되는 자가 있다면 그것은 무가치(無價值)한 존재(存在)다. 이러한 악마적(惡魔的) 사상(思想)이 움돋기 시작(始作)하였다.
>
> —「한국근대소설고」

김동인의 유미주의적 경향을 보다 정확히 파악하기 위해서는 그의 개인사를 살펴보아야 한다. 「광염 소나타」와 「광화사」가 창작된 시기는 1930년이다. 이때는 바로 김동인 자신이 개인적 파국에 이른 시기였다. 이 시기는 보통강벌 수리 사업의 실패와 이 사업의 무리한 착수를 둘러싸고 빌린 차용금을 갚기 위해 전 재산을 방매한 직후이며, 또한 그의 부인마저 가출한 상태였다. 이처럼 김동인의 유미주의의 이면에는 수많은 개인적 불행이 도사리고 있다.

그리하여 이 시기에 그가 새롭게 눈을 돌린 사상이 바로 유미주의이다. 유미주의는 이미 「명문」 「감자」 등 자연주의적 작품을 통해 그가 부정하고 거부한 신이나 도덕 대신 미(美)를 절대적 가치로 지향하는 경향이다. 이러한 사고의 기초 위에서 유미주의적 특성을 보여주는 두 작품 「광염 소나타」와 「광화사」가 창작되었다.

「광염 소나타」는 천재적 재능을 부여받고 태어난 한 작곡가의 기이한 창작 과정에 대한 이야기이다. 이 작품에 나타나 있는 그의 유미주의 사상은 초기작 「배따라기」에 시사된 영웅주의와 병적 광기를 내포한 쾌락주의의 혼합에 의해 한층 기묘한 양상을 띠게 된다. 이 작품에서 주인공 백성수는 우연히 목격한 화재 때문에 그의 내부에 도사리고 있는 야성적인 에너지를 발견하게 되고, 그 결과 일세의 명작인 「광염 소나타」를 창작하였다. 그 뒤부터 그는 자신의 음악적 영감이 불에 있음을 깨닫고 도시의 이곳저곳에 방화를 하며 작곡을 한다. 그러나 그의 영감은 방화의 빈도가 잦아지면서 무력화된다. 즉 처음 불을 목격했을 때 느꼈던 강렬한 욕망이 더 이상 분출되지 않는 것이다.

"(중략) 사실 말이지 백성수의 그의 예술은 그 하나하나가 모두 우리의 문화를 영구히 빛낼 보물입이다. 우리의 문화의 기념탑입니다. 방화? 살인? 변변치 않은 집 개, 변변치 않은 사람 개는 그의 예술의 하나가 산출되는 데 희생하라면 결코 아깝지 않습니다. 천 년에 한 번, 만 년에 한 번 나올지 못 나올지 모르는 큰 천재를, 몇 개의 변변치 않은 범죄를 구실로 이 세상에서 없애 버린다 하는 것이 더 큰 죄악이 아닐까요? 적어도 우리 예술가에게는 그렇게 생각됩니다.

—「광염 소나타」

인용문에서 나타나듯이 결국 그는 보다 강한 흥분과 긴장을 찾기 위하여 사체 모욕과 시간 등을 서슴지 않으며 종국에 이르러서는 살인까지 저지르게 된다. 이러한 백성수의 광기에 대해 작가는 '미'와 '문화'라는 이름으로 면죄부를 줄 것을 암시한다. 「광화사」에서는 한 걸음 더 나아가 그가 몽상하는 탐미적 세계에서 예술적 창조가 수행되는 과정을 상징적으로 표현하고 있을 뿐 아니라 그러한 창조의 궁극적 지향인 '절대미'에 대한 환상을 보여준다. 이 작품에서 화공 솔거와 절대미의 창조를 위해 주인공이 밟는 과정은 기본적으로 「광염 소나타」의 주인공과 유사하다. 결국 미녀도의 완성을 목전에 두고 우연한 실수로 저지르게 되는 살인은 절대미에 이르기 위해 치르지 않으면 안 되는 것을 의미한다.

그러나 김동인의 유미주의는 사상적으로 미숙한 것이었다. 그의 유미주의 작품은 근원적인 예술 충동에서 연유된 것이기보다는 예술지상주의를 표방하기 위한 이데올로기의 산물로 볼 수 있다. 또한 그의 유미주의는 그의 자연주의 작품에 비해 작품적 실천에 있어 뚜렷한 성과를 보여주지 못하였다. 그의 문학에 나타나는 유미주의적 특성은 그의 특이한 기질과 성격에 대한 선입견, 우리 문학의 사상적 전통 속에서 그의 사상 자체가 지니고 있는 특이함으로 인해 과대평가되었다는 사실을 지적할 수 있다.

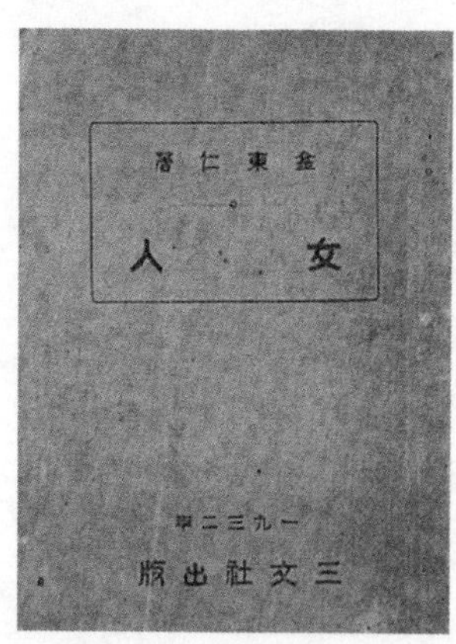

▲ 김동인이 30세를 기점으로 하여 쓴 자전적 중편소설 『여인』의 표지.

4. 민족주의적 경향

  김동인 문학의 커다란 두 축은 분명 자연주의와 유미주의이
다. 그러나 김동인은 이 두 가지의 경향 외에도 많은 작품들을
남겼다. 특히 그 중에서 주목할 만한 것이 「붉은 산」이다. 1932
년『삼천리』에 발표된 이 작품은 발표 당시부터 민족주의적 경
향과 저항 정신을 표현했다는 것으로 큰 주목을 받았으나, 김동
인 소설의 주된 경향과는 다소 거리가 먼 작품이다. 이 작품은
만주에 사는 조선족 마을을 무대로 설정함으로써 공간적인 배
경에서부터 민족주의적 성향을 띠고 있다. 특히 '지주—소작
인'이라는 계급적인 대립과 '중국—조선'이라는 민족적인 대립
의 이중적 갈등을 주요한 모티프로 하고 있다는 점 역시 주목할
만한 사실이다.

  작품의 전반부에서 익호라는 인물은 마을의 '암종'으로 묘사
되고 있다. 그래서 작품의 후반부에 접어들어, 즉 송 첨지가 중
국인 지주에게 맞아 죽었다는 사실을 알게 된 이후의 익호의 행
동은 개연성을 상실하고 있다. '암종'에서 민족주의자로의 익호
의 변모는 충분한 현실성을 지니지 못하고 있다. 또한 민족주의
자로의 익호의 변모 역시 송 첨지의 죽음에 의해 촉발된 감상성
이 더 크기 때문에 긍정적 의미에서의 민족주의와는 거리가 멀
다. 이러한 사실은 작품의 종결부에서 특히 잘 나타난다.

  "저기 붉은 산이……, 그리고 흰 옷이……. 선생님 저게 뭐예요!"
  나는 돌아보았다. 그러나 거기는 황막한 만주의 벌판이 전개되어
있을 뿐이었다.

"선생님, 노래를 불러 주세요. 마지막 소원—노래를 해주세요. 동해물과 백두산이 마르고 닳도록—."

—「붉은 산」

주인공 익호가 마지막 숨을 거두는 위의 장면에서 잘 나타나듯이, 이 작품에서 나타나는 민족주의는 감상성이 매우 짙다. 특히 익호가 마지막 소원으로 제시한 것이 애국가를 들려 달라는 것임을 감안할 때 그러한 혐의는 더욱 짙어진다. 독립 쟁취와 저항이라는 조직적인 운동으로서의 민족주의가 아니라 우발적인 사건에 의해 제 동족의 죽음에 대한 복수심이 올바른 민족주의일 수는 없을 것이다. 그러나 이러한 민족주의조차 제대로 용인되거나 뿌리내리기 힘들었다는 시대적 상황을 감안한다면 김동인의 감상적 민족주의 또한 마땅히 정당한 평가를 받아야 할 것이다. 「붉은 산」 이후 김동인의 민족주의적 성향은 『을지문덕』『대수양』『운현궁의 봄』 등 훗날의 역사 장편소설로 이어진다.

5. 맺음말

김동인은 근대 문학사에서 최초로 단편소설의 형식을 완성한 작가로 평가된다. 또한 자연주의 및 유미주의, 민족주의에 이르기까지 다양한 경향의 작품들을 실험한 작가로 평가받고 있다. 1919년 『창조』 창간호에 「약한 자의 슬픔」을 선보이면서 등단한 이후 1951년 6·25의 와중에 비참한 죽음을 맞기까지 그는 수많은 장·단편을 남김으로써 한국 근대 문학의 한 봉우리를 형성했다. 그의 작품들을 예술 사조상의 특징으로 분류하면 다음의 세 가지로 정리할 수 있다. 첫째, 자연주의적 경향이다. 여기에 해당하는 작품으로는 「감자」「명문」「시골 황 서방」「태형」 등이 있다. 둘째, 유미주의적 경향이다. 여기에 해당하는 작품으로는 「광염 소나타」와 「광화사」를 들 수 있다. 셋째, 민족주의적 경향이다. 여기에 해당하는 작품으로는 「붉은 산」과 후기의 장편소설들을 들 수 있는데, 김동인의 민족주의는 1920년대 카프의 계급 문학이나 여타의 민족주의적 문학 운동과는 다소 거리가 먼 감상적 민족주의의 성격이 짙다. 그러나 이러한 한계에도 불구하고 그는 근대 단편소설의 기틀을 확립했다는 점과 다양한 예술 사조를 근대 문학사에 선보였다는 점에서 중요한 작가로 평가받을 수 있을 것이다.

김동인 문학사전

주요 어휘 풀이/김동인 연보/『창조』와 『영대』/김동인의 문학세계

·········주요 어휘 풀이·········

■「배따라기」

배따라기 서도 민요의 하나로 어부들의 신세타령 노래.

우단 벨벳.

아악(雅樂) 삼악의 하나로, 예전에 우리나라의 의식에 쓰이던 음악.

어음 '움, 싹'의 옛말.

장림(長林) 길게 이어져 뻗쳐 있는 숲.

섬섬옥수 가냘프고 고운 여자의 손을 이르는 말.

호천망극 어버이의 은혜가 넓고 하늘과 같이 다함이 없음을 이르는 말.

부처 남편과 부인.

불문 곡직 옳고 그름을 따지지 아니함.

분김 성이 왈칵 난 바람.

각설(却說) 화제를 다른 데로 돌림.

귀물 귀중한 물건.

적오니 시아우.

술시(戌時) 오후 7~9시 사이를 가리키는 말.

활동 사진 '영화'의 옛말.

파래다 '파리하다'의 방언.

혼혼히 정신이 아득하여 희미하게.

■「감자」

활극 영화의 난투처럼 심한 실제의 투쟁.

가율 집안에서 정한 법률.

저품 '두려움'의 옛말.

후치질 쟁기로 고랑을 파서 이랑의 북을 돋우는 일.

막간살이 예전에 주로 큰 집에 곁달린 허름한 집에서 구차하게 살아가던 일.

볏섬 벼를 담은 섬(곡식을 담는, 짚으로 엮은 그릇).

정업 정당한 직업이나 생업.

거렁질 남에게 구걸을 하는 일.

지절거리다 수다스럽게 지껄이다.

채마밭 채소를 심어 가꾸는 밭.

멀찐멀찐 '멀뚱멀뚱'의 평안 방언.

강짜 아무런 근거나 조건도 없이 무리하게 강다짐으로 함.

칠보 단장 여러 가지 패물로 몸을 꾸밈.

사린교 '사인교'의 변한 말. 앞뒤에 각각 두 사람씩 모두 네 사람이 메는 가마.

되놈 중국 사람을 낮잡아 이르는 말.

■「명문」

주사(主事) 사무를 주장하는 사람. 옛 하위직 공무원을 이름.

강도(講道) 도를 강의하거나 설명함.

대구리 '대가리'의 방언.

파란 순조롭지 않게 일어나는 여러 가지 곤란이나 사건.

판수 점치는 일을 직업으로 삼는 소경.

선지식 바른 도리를 가르치는 사람.

대과 '대과 급제(大科及第)'의 준말.

저퍼하다 '두려워하다'의 옛말.

잡저자 '잡(雜) + 저자(시장, 가게)'라는 뜻.

전갈 사람을 시켜서 안부를 묻거나 말을 전하는 것. 또는 전하는 말.

만도(滿都) 온 장안.

낙성식 건축물의 완공을 축하하는 의식.

별하게 보통과 다르게.

트리하고 '공모(共謀)하고'의 방언.

역도 반역의 무리.

여명(餘命) 남은 목숨.

병인 환자.

논조 논술하는 말이나 글의 투.

원죄 억울하게 쓴 죄.

명문(明文) ①명백히 밝혀져 있는 조문(條文) ②사리가 명백하고 뜻이 분명한 글.

일동 일정(一動一靜) 모든 동작. 일거수 일투족.

■「광화사」

철색(鐵色) 쇳빛.

장(丈) 길이의 단위. 열 자.

장여(丈餘) 한 길 남짓한 길이.

분요(紛擾) 서로 어지럽게 뒤얽힘.

심산 깊은 산.

구비 빠짐없이 갖추다.

유수미(幽邃味) 그윽하고 깊은 아름다움.

국도(國都) 국가의 수도.

미도(美都) 아름다운 도시.

풀대님 바지나 고의를 입고서 대님을 매지 않고 그대로 터놓음.

사위 사방.

난성(亂盛) 어지럽게 성장함.

기조(奇鳥) 기이한 새.

암굴 돌로 된 굴.

방축 쫓아냄.

황망히 허둥지둥 매우 바쁘게.

안하 눈 아래.

일면 어떤 범위의 지면이나 바닥.

살육 사람을 마구 죽임.

화공 예전에 화가를 이르던 말.

화성(畵聖) 극히 뛰어난 화가.

백악 백악계에서 나는 백색이나 담황색의 부드러운 석회질 암석.

중로(中老) 중늙은이.

오뇌(懊惱) 뉘우쳐 한탄하고 번뇌하는 것.

왕후 친잠(王后親蠶) 잠업 장려에 시범하는 의미로 왕후가 몸소 누에를 치는 것.

잡인 그곳이나 그 일에 관계 없는 사람.

질병 질흙으로 만든 병.

퉁방울 품질이 낮은 놋쇠로 만든 방울.

▲ 김동인의 필적.

나발통 나발을 속되게 이르는 말.

완연 뚜렷하게 나타남.

백주(白晝) 대낮.

사변(事變) 천재나 그 밖의 큰 나쁜 일.

괴벽 괴상한 버릇.

방립 방갓.

과즉 '기껏해야'를 예스럽게 부르는 말.

유원(幽遠)한 아득히 먼.

재래 전부터 있어 내려옴.

간특 간사하고 악함.

새꾼 나무꾼의 평양 방언.

희세 세상에 드묾.

유복자 태어나기 전에 아버지를 여읜 자식.

경악 깜짝 놀람.

심안(心眼) 사물을 살펴 분별하는 능력.

분만(憤滿) 분하고 억울함.

노심(勞心) 마음으로 애를 씀.

영장(靈長) 불가사의한 힘을 가진 우두머리.

박정한 인정이 적은.

철요(凸凹) 요철.

무위 아무 일도 하지 않음.

힐책하다 잘못을 트집잡아 책망함.

요행심 뜻밖의 행운을 바라는 마음.

심규(深閨) 깊숙한 곳에 들어앉은 안채. 부

김동인(金東仁) 연보

1900년(1세) 10월 2일 평남 평양 상수리에서 기독교 장로인 김대윤(金大潤) 씨의 3남 1녀 중 차남으로 출생. 모친 옥(玉)씨는 후실로 전실에게서 장남 동원이 있고, 동인, 동평, 동선은 옥씨 소생임.

1912년(13세) 기독교계 숭덕소학교 졸업.

1913년(14세) 숭실중학교에 입학했다가 중퇴.

1914년(15세) 도일, 도쿄학원 중학부 입학. 이때부터 유아독존적 존재로 자처함.

1915년(16세) 명치학원 중학부 2년 편입.

1917년(18세) 명치학원 중학부 중퇴. 부친 사망, 귀국.

1918년(19세) 4월 김혜인(金惠仁)과 결혼한 뒤 도일. 동경 천단화(川端)학교 입학.

1919년(20세) 2월 일본 횡빈시 복음인쇄소에서 인쇄한 동인지 『창조』(발행인 주요한) 창간호에 소설 「약한 자의 슬픔」을 발표. 천단화학교 중퇴, 3월 귀국. 출판법 위반으로 3개월의 고초 후 6월 집행유예 2년의 형을 받고 나옴.

1920년(21세) 중편 「마음이 옅은 자여」(『창조』 2~6호) 발표. 장남 일환 출생.

1921년(22세) 단편 「목숨」(『창조』 8호) 「배따라기」(『창조』 9호) 「연산군」 「박제자」(『개벽』 3월호) 「딸의 업을 이으려」 등 발표. 『창조』 9호로 폐간. 봄부터 명월관 기생 김옥엽

녀자가 거처하는 방.

채상(採桑) 뽕을 땀.

길만성 있게 참을성 있게.

탄식성 탄식하는 소리.

초부 나무 하는 사내.

상거 떨어져 있는 두 곳의 거리.

남벽(藍碧) 남빛을 띤 짙은 푸른색.

일심 불란(一心不亂) 한 가지에만 마음을 쓰고 어지러워지지 않음.

여항(閭巷) 여염.

적적한 외롭고 쓸쓸한.

적이 꽤 어지간한 정도로.

각일각 시시각각.

숙망 오랫동안 품어 온 소망.

달하다 목적을 이루다.

심미안 미를 살펴 찾는 안목.

애욕 애정에 대한 욕심.

풍신 드러나 보이는 사람의 겉모양. 풍채.

▲ 김동인과 김경애와의 결혼 사진.

망지소조(茫知所措) 어찌할 줄 모르고 허둥지둥함.

■「광염 소나타」

외밭 오이나 참외를 심은 밭.

염(念) 무엇을 하려는 생각.

천분(天分) 타고난 재능.

야인(野人) 예절 없고 꾸밈 없는 사람.

등과 관계를 맺으며 방탕 생활.

1922년(23세) 단편 「태형」(『동명』 16~17호) 발표.

1923년(24세) 창작집 『목숨』(창조사) 간행. 단편 「이 잔을」(『개벽』 1월호) 「눈을 겨우 뜰 때」(『개벽』 7~11월호) 등 발표. 딸 옥환 출생.

1924년(25세) 8월 『창조』의 후신 『영대』를 주재 발간하고 창간호에 「유서」를 발표.

1925년(26세) 1월 『영대』가 5호로 폐간. 단편 「정희」(『조선문단』 5월호) 「명문」 「시골 황 서방」 「감자」(『조선문단』 1월호) 「눈보라」 등 발표.

1926년(27세) 단편 「원보 부처」(『신민』 3월호) 발표. 보통강벌 수리 사업에 착수하였으나 당국의 불허가로 실패. 이때의 차용금으로 전재산을 방매, 파산. 이 무렵 여동생 동선 소유의 평양 하수구리 집으로 이사. 서울 중학동에서 6개월간 하숙 생활.

1927년(28세) 부인 김혜인 가출.

1928년(29세) 영화 흥행에 손을 대어 정주, 선천, 해주, 진남포 등지에서 흥행함.

1929년(30세) 단편 「여인」 「송동이」, 장편 『젊은 그들』(『동아일보』 연재) 「대평행」(『중외일보』 연재, 폐간으로 중단), 평론 「근대소설고」 발표.

1930년(31세) 단편 「죄와 벌」 「배회」(『대조』 1~3호) 「증거」(『대조』 6호) 「순정」 「구두」 「포플러」 「신앙으로」 「광염 소나타」 「광화사」 「벗기운 대금업자」(『신민』 12월호) 등

▲ 사직 공원에 세워진 김동인 문학비.

광포스런 마음이 사납거나 행동이 난폭한.

구류 1일 이상 30일 미만의 기간 동안 구류장에 구금하는 형벌의 일종.

탄주 현악기를 탐.

귀기(鬼氣) 귀신이 나올 듯한 무서운 기운.

풍문 바람결에 들리는 소문.

외따르다 '외딸다'의 방언. 홀로 떨어져 있다.

재재하다 재잘거려 어지럽다.

화광 불빛.

충천 공중에 높이 솟아 올라서 하늘을 찌를 듯함.

심상하다 대수롭지 않고 예사롭다.

야반 밤중.

완서조(緩徐調) 느릿느릿한 장조.

쾌미 기분 좋은 느낌. 상쾌한 맛.

주화조(主和調) 화음의 조화를 이루는 장조.

은택 은혜와 덕택.

스케르초(scherzo) 해학적이며 빠르고 경쾌한 기악곡.

미상불 아닌게 아니라. 과연.

고이 곱게.

재 재액(災厄)의 준말. 재앙으로 입은 불운.

자양 몸의 영양이 되는 음식.

명재경각(命在頃刻) 금방 숨이 끊어질 지경에 이름.

발표. 불면증으로 시달리기 시작함. 4월 평남 용강군 출신이며 평양 숭의여고를 갓 나온 20세의 처녀 김경애와 재혼. 장편『여인』(삼문사) 간행.

1931년(32세) 봄에 서울 서대문 행촌동 210의 96호로 이사. 단편「거지」(『삼천리』 4월호)「잡초」「박 첨지의 죽음」, 장편『대수양』 발표.

1932년(33세) 단편「발가락이 닮았다」(『동광』 1월호)「붉은 산」(『삼천리』 4월호)「적막한 저녁」(『삼천리』 10월호) 등, 장편『아기네』(『동아일보』 연재) 발표. 조선일보 학예부장 40일간 봉직.

1933년(34세) 장편『운현궁의 봄』, 단편「화중난무」 발표. 모친 사망.

1934년(35세) 평론「춘원 연구」(삼천리) 발표.

1935년(36세) 『월간야담』지에 사역(史譯)을 발표한 것을 경험으로 12월에는『야담』지 발간.

1936년(37세) 『이광수·김동인 소설집』(조선서관) 간행. 영변에서 휴양.

1937년(38세) 6월『야담』에서 손을 뗌.

1938년(39세) 단편「대탕지의 아주머니」「가신 어머님」「가두」 등 발표. 장편『제성대』(조광) 발표.

1939년(40세) 중편「김연실전」발표. 『김동인 단편집』(박문서관) 간행. 박영희, 임학수

분묘 무덤.

연고 그러한 까닭.

식체 먹은 것이 소화가 잘 안 되는 병.

부지중 알지 못하는 동안. 모르는 사이.

처연 쓸쓸하고 구슬픈 모양.

통상시 보통 때.

충일 가득 차서 넘침.

■ 「발가락이 닮았다」

혼약 혼인하기로 한 약속.

조혼 결혼 적령기 전에 혼인함.

채근 어떤 일의 내용을 캐어 밝히거나 따지어 독촉함.

고소(苦笑) 쓴웃음.

유곽 많은 창녀를 두고 손님을 맞아 매음을 하는 집.

방언 거리낌없이 함부로 말함.

도정 여정.

집어세다 주책없이 함부로 막 먹다. (남의 것을) 마음대로 가지다.

괴승 괴이한 중.

억배 억병, 한량없이 마시는 술의 양.

고환염 남성의 생식기에 생기는 염증.

슬하 자식.

고해(苦海) 현세의 괴로움이 깊고 끝없음을 바다에 비유한 말.

매독 성병의 하나.

임질 성병의 하나.

오까사레루 '병균 등에 의해 침범당하다'라는 뜻의 일본어.

경하게 가볍게.

기보 기이한 소식.

갈보 웃음과 몸을 팔며 천하게 노는 계집.

나까이 요릿집이나 유곽에서 손님을 접대하는 여급.

정사 남녀간의 사랑에 관한 일. 남녀간의

와 소위 '북지황군위문'에 동의. 만주를 다녀옴.

1941년(42세) 단편 「곰네」 발표.

1942년(43세) 4월 천황 불경죄로 3개월간 옥고.

1946년(47세) 장편 『을지문덕』(『태양신문』 연재). 뇌막염으로 중단.

1948년(49세) 동맥 경화증으로 병석에 눕게 됨.

1951년(52세) 1월 5일 사망.

성행위.

절 절개.

혹평 아주 나쁘게 평함.

혹언하다 함부로 말하다.

혈족 피붙이.

심축 진심으로 축하함.

축수 두 손바닥을 마주 대고 빎.

완력 육체적으로 억누르는 힘.

마신(魔神) 재앙을 일으키는 신.

선지자 남보다 먼저 깨달아 아는 사람.

고적 외롭고 쓸쓸함.

음행 음란한 짓.

사멸 죽어 없어짐.

검안 검사 결과.

기모찌 '기분'이라는 뜻의 일본어.

자작지얼(自作之蘗) 자기가 저지른 일로 말미암아 생긴 재앙.

일루(一縷) 한 오리의 실. 매우 불확실하고 미약함.

외편 외가 쪽.

친편 친가 쪽.

근친 가까운 친척.

요절할 허리가 끊어질 듯한.

■「붉은 산」

소작인 남의 땅을 빌려 농사짓는 사람.

광막하다 아득하게 넓다.

종자(從者) 남에게 딸리어 따라다니는 사람.

오지 해안이나 도시에서 멀리 떨어진 대륙 내부의 땅.

온량하다 성품이 온화하고 착하다.

장성 자라서 어른이 됨.

살풍경 아주 보잘것 없거나 쓸쓸한 풍경.

향락 즐거움을 누림.

삵 살쾡이.

재재거리다 수다스럽게 자꾸 재잘거리다.

교활 간사한 꾀가 많음.

근접하다 가깝게 접근하거나 접하는 것.

투전 돈 치기 놀이.

대척 말대꾸.

봉변 뜻밖에 변을 당함.

암종 조직을 파괴하고 각처로 전이를 일으키는 악성 종양.

가리 곡식·땔나무 등을 쌓은 더미.

선착 어떤 일에 남보다 먼저 나서는 것.

처세 세상 사람들과 교제하면서 살아가는 것.

천연히 꾸밈이나 거짓이 없이 생긴 그대로 자연스럽게.

소출 논밭에서 나는 곡식.

절명 목숨이 끊어지는 것.

왁자하다 정신이 어지럽도록 떠들썩하다.

검시 변사의 의심이 있는 사체를 조사하여 범죄에 의한 것인가의 여부를 가리는 일.

비창하다 마음이 아프고 슬프다.

억분함 억울하고 분함.

고즈너기 슬그머니.

황막하다 거칠고 아득하게 넓다.

숭엄한 숭고하고 존엄하게.

■「시골 황 서방」

연변 국경·강·철도·도로 등의 언저리 일대.

양복쟁이 양복 입은 사람을 낮잡아 이르는 말.

궁벽하다 후미지고 으슥하다.

주인을 잡다 한 곳에 자리를 잡고 머무른다는 뜻.

쓸어들다 한꺼번에 마구 밀려들다.

거동 일에 나서서 움직이는 태도. 몸가짐.

역하다 구역이 날 듯 속이 메슥메슥하다.

구리다 똥·방귀 냄새와 같다.

수판 주판.

재간 재주와 능력.

풍헌 조선 시대 향소직의 하나. 면·리의 일을 맡아보았음.

별장 지방의 산성·나루·포구·보루 등의 수비를 맡은 종9품의 무관.

조력 힘을 도와주는 것.

막벌이 막일을 하여 돈을 버는 일.

영분(領分) 세력의 범위.

『창조』와 『영대』

■ 『창조』란?

1920년대 종합 문예동인지. 1919년 2월 1일 일본 유학생이었던 김동인(金東仁), 주요한(朱耀翰), 전영택(田榮澤)이 도쿄에서 발행하였다. 창간호는 국판 81면. 창간호에는 주요한의 시 「불놀이」, 김동인의 소설 「약한 자의 슬픔」, 전영택의 소설 「혜선의 사」 등이 실려 있다. 창간호의 동인은 김동인, 주요한, 전영택, 김환(金煥), 최승만(崔承萬)이며, 제2호부터 이광수(李光洙), 제3호부터 이일(李一), 박석윤(朴錫胤), 제7호부터 오천석(吳天錫), 제8호부터 김관호(金觀鎬), 김억(金億), 김찬영(金瓚永), 제9호부터 임노월(林蘆月) 등이 참가하였다. 창간호부터 제7호까지의 편집·인쇄·발행은 도쿄에서 했는데, 창간호에서 2호까지의 편집 겸 발행인은 주요한, 3호부터 7호까지의 편집 겸 발행인은 김환이었다. 8호는 고경상(高敬相)을 편집 겸 발행인으로 하여 평양에서 편집하여 서울에서 인쇄·발행했다. 제9호는 김동인, 김찬영, 김환, 전영택의 공동 편집으로 서울에서 발행했다. 1921년 5월 20일 통권 9호로 종간되기까지 시 70여 편, 소설 21편, 희곡 4편, 평론 16편, 번역시 49편이 발표되었다. 주요한의 「불놀이」 「새벽꿈」 등 본격적인 자유시의 발전, 김동인의 「약한 자의 슬픔」, 전영택의 「천치? 천재?」 등 구어체 문장 개혁, 계몽주의를 반대한 본격적 순수 문학 운동을 전개한 것 등은 이 동인지의 공적이다.

■ 『영대』란?

1920년대의 문학동인지. 1924년 8월 15일 임장화(林長和)를 편집 겸 발행인으로 하여 창간되었다. 표지에는 영대사, 안에는 문우당이 발행소로 되어 있다. 김동인(金東仁), 김억(金億), 주요한(朱耀翰), 전영택(田榮澤), 이광수(李光洙) 등 『창조』 동인이 주축이었으며, 김소월(金素月)이 새롭게 참가하였다. 창간호는 국판 168면. 창간호에는 이광수의 「인생의 향가」, 임노월(林蘆月)의 「예술지상주의의 신자연관」, 김유방(金惟邦)의 「완성예술의 설움」, 마경(魔鏡)의 「식물의 예술미론」 등의 평론, 주요한의 「묵은 일기책에서」, 전영택의 「눈의 순간」 등의 시, 초적(草笛)의 「선생과 난봉 처녀」, 김동인의 「유서」 등의 소설이 수록되어 있다. 1925년 1월 5일 통권 5호로 종간되었다.

■ 「태형」

태형(笞刑) 매로 볼기를 치는 형벌.

기쇼오(起床) '기상'의 일본말.

나락 지옥.

뎅껑(點檢) 점검.

간수 '교도관'의 옛말.

혼혼하다 정신이 가물가물하고 희미하다.

굴복(屈伏) 머리를 숙이고 꿇어 엎드리는 것.

염통 심장.

옴쟁이 옴(전염성 피부병)이 오른 사람을 농으로 이르는 말.

병인(病人) 환자.

유월도(六月桃) 음력 6월에 익는 복숭아.

차입(借入) 유치장에 있는 사람에게 옷·음식·돈 따위를 들여보냄.

격하다 (시간이나 공간적으로) 사이를 두다.

한담(閑談) 심심풀이의 이야기.

배알다 '뱉다'의 방언.

빈약 가난하고 약함.

파래지 파리해지지.

김동인의 문학세계

　　김동인은 우리 근대 문학사에서 중요한 자리를 차지하고 있는 작가이다. 그는 한국 근대 문학사에서 단편소설 양식을 확립시킨 작가이며, 자연주의와 유미주의 문학을 최초로 확립한 장본인이기도 하다. 1919년 『창조』 창간호에 단편 「약한 자의 슬픔」을 발표하면서 등단한 그는 1920년대 작가이자 평론가로서도 많은 활동을 했다. 1921년에 발표된 단편 「배따라기」는 쾌락주의적 인생관과 탐미주의 사상을 표현한 그의 대표작이다.

　　김동인의 문학세계는 대략 「감자」와 「태형」으로 대표되는 자연주의, 「광염 소나타」와 「광화사」로 대표되는 유미주의, 「붉은 산」으로 대표되는 민족주의 등으로 구별된다. 이들 다양한 사조는 각각 시기별로 구분지어 말해질 수도 있으나, 그것보다는 작품별 특성을 통해 파악하는 것이 보다 타당할 듯하다.

　　김동인에 대한 평가는 그가 참여하거나 주재한 문예동인지들과 분리되어 말해질 수 없다. 그 중에서 『창조』와 『영대』는 1920년대의 동인지 문학 운동을 이끌었던 중요한 문예지이다. 『창조』는 구어체 문장의 확립, 구체적 문예 운동의 표방과 전개, 계몽주의의 거부와 순문학 정신, 근대 사실주의의 도입, 근대적 단편소설·문예비평의 개척 등을 통해 한국 근대 문학에 지대한 영향을 끼쳤다.

　　김동인 역시 자신의 소설에서 구어체 문장의 확립을 위해 노력하였으며, 그 구체적 특징으로 '～더라', '～이라' 등의 구투를 탈피, 현재법 서사체에서 과거법 서사체로서의 개혁, 대명사 '그'의 사용, 사투리의 사용 등을 보여주었다. 그는 다양한 예술 사조를 확립하는 한편, 수많은 장·단편들을 남김으로써 한국 근대 문학에 한 획을 그었다. 그러나 1951년 6·25의 와중에 비참한 죽음을 맞음으로써 52세의 나이로 작품세계를 마감하고 말았다.

발산한 퍼져서 흩어진.

이기다 (흙이나 가루 등을) 물과 뒤섞어 차지게 하다. 반죽하다.

양회 시멘트.

퍼치다 '퍼뜨리다'의 방언.

입감 죄수가 감방·감옥에 갇힘.

거짓부리 거짓말을 속되게 이르는 말.

철전(撤廛) 시장·점포 등이 문을 닫고, 장사를 하지 않는 것. 철시.

거반 절반 이상. 거의.

소소한 자질구레한.

알귀야 '알려야'의 방언.

이맛 이만한.

호라메우지나 '꿰매지나'라는 뜻.

뒤상 '늙은이'의 방언.

기진 기운이 다함.

패통 교도소에서, 재소자가 용무가 있을 때 담당 교도관을 부르기 위해 마련한 장치.

끊치라는 그치라는.

단말마 숨이 끊어질 때의 고통.

1 「배따라기」는 예술지상주의 또는 자연주의라는 상반된 경향으로 모두 평가된다. 이 작품을 자연주의 계열의 작품으로 평가하는 입장에서, 자연주의 소설의 특징은 무엇이며 그러한 특징들이 이 작품에서 어떻게 드러나는지 논하시오.

Point 자연주의는 소설에서 ①객관성 ②솔직성 ③사상(事象)에 대한 비도덕적 태도 ④결정론 ⑤비관주의 ⑥야수적 혹은 병리적 본성이라는 강렬한 성격 ⑦유전 등과 같은 특징으로 나타난다. 이 작품은 인간의 원초적 애욕이 불러일으키는 파괴적 결과가 솔직하게 그려지고 있으며, 동시에 근친 상간이라는 비도덕적인 모티프가 등장하고, 감정적 충동에 지배당하는 인간형이 나타난다는 점에서 자연주의 소설로 분류할 수 있다. 특히 '그'는 분노로 인해 아내를 죽음에까지 몰고 가는 극단적인 야수성을 보여주는 인물로서, 자연주의적 특질에 닿아 있다.

2 「광화사」의 주인공 솔거는 추남이라는 이유로 사람들로부터 따돌림과 놀림의 대상이 된다. 이러한 인물을 주인공으로 등장시킨 점에서 유추할 수 있는 김동인의 예술가상은 어떤 것인지를 논하시오.

Point 「광화사」는 대표적인 유미주의 소설에 속한다. 유미주의란 일단의 예술지상주의적 경향의 문예 운동을 폭넓게 일컫는 말인데, 예술을 위한 예술적 태도를 견지하는 문예 운동의 성격을 의미한다. 이 작품에서 작가가 주인공 솔거를 추남으로 설정한 이유는 예술가는 태어날 때부터 저주받은 존재임을 부각시키기 위한 것이다. 일반적으로 유미주의 소설에서 예술가는 사회에 정상적으로 적응할 능력을 상실한 존재로 설정되는데, 그 이유는 예술이 그러한 사회 부적응에서 나오는 에너지의 천재적 표출이라고 믿기 때문이다.

3

「광염 소나타」의 주인공은 천재적인 예술가로서 예술 작품의 생산을 위하여 반인륜적이고 반사회적인 행위를 서슴지 않는다. 이러한 행동에 대해 작가는 긍정적인 태도를 견지하고 있다. 이러한 작가의 관점을 비판하고, 예술가와 사회의 바람직한 관계에 대해 논하시오.

Point　천재 예술가인 주인공은 자신의 예술적 열정을 위하여 방화, 사체 모욕, 시간(屍姦), 살인 등 온갖 반사회적인 악행을 서슴지 않는다. 이러한 주인공의 행위에 대해 작가는 광포성과 야성의 예술적 승화라는 측면에서 긍정의 시선을 보내고 있다. 하지만 예술가 역시 한 사람의 사회인인만큼 사회적 책임 의식을 회피할 수 없다. 작품에서처럼 자신의 창작을 위해 남의 집에 불을 지른다거나 살인을 하는 행위는 그 결과물이 아무리 좋은 것이라도 그것이 사회적 일탈 행위라면 당연히 처벌되어야 한다.

4 「발가락이 닮았다」의 주인공 노총각 M이 친구인 '나'에게 말하는 '발가락이 닮았다'라는 말을 통해 작가가 말하고자 하는 것은 무엇인가?

Point 　주인공 노총각 M은 청소년기부터 규방과 사창가를 드나들어 각종 성병에 감염되었다. 그 때문에 결국 그는 결혼 후 생식 불능이라는 치명적인 병을 얻게 되었는데, 그러한 자신의 결함에도 불구하고 부인이 아이를 낳자 고민과 번민에 시달린다. 결국 친구인 '나'를 찾아와서 자신의 부인이 낳은 아이와 자신이 닮았음을 억지로 주장하게 되는데, 이러한 상황을 통해 작가는 인간의 자기 합리화 과정이 타인에게 얼마나 불합리하고 우습게 비치는가를 말하고자 한다. 인간은 자신이 불리한 상황에 처하게 되면 무의식적으로 자신의 상황에 대해 변명을 함으로써 자기 방어를 시도하게 되는데, 이때 인간의 존엄과 가치는 모두 상실되고 만다. 작가는 인간의 내면에 숨어 있는 이러한 자기 합리화의 과정을 드러내고자 한 것이다.

5 「시골 황 서방」은 세상 물정에 어두운 순박한 황 서방의 파멸에 대해 말하고 있다. 황 서방의 삶의 태도를 비판적인 관점에서 논하시오.

Point 　황 서방은 순박한 시골 사람이지만 새로운 삶의 터전에 직면하여 거기에 적응을 하려는 노력을 하지는 않고 무위 도식으로 전재산을 모두 날려 버린다.

거지가 된 후에도 그는 자신의 힘으로 살아가려는 자세보다는 사람들의 인심에 호소하면서 구걸을 한다. 작품의 결말 부분에 이르러 그는 도회의 삶이라는 것이 비정하고 각박하다는 사실을 깨닫지만, 그러한 사실을 깨달은 후에도 환경과 싸우려는 자세보다는, 자신의 불행이 타고난 천분을 어겼기 때문에 받는 벌 정도로 여긴다. 급속한 근대화의 물결 속에서 황 서방은 그러한 시대적 상황에 적응하기보다는 자신의 고정 관념만을 따라서 사는 어리석은 모습을 보여준다.

6 「시골 황 서방」에 등장하는 양복쟁이는 도시의 메마른 삶으로부터 도피하고자 농촌으로 찾아들었다가 그 세계에 적응하지 못하고 다시 도시로 돌아간다. 이러한 사건을 통해 드러나는 양복쟁이의 삶의 태도를 비판적인 관점에서 논하시오.

Point 1920년대 당시의 전형적인 도시인인 양복쟁이는 문명의 이기에 대한 염증 때문에 자신이 살고 있는 도시에서 '흙냄새'를 찾아 농촌으로 찾아갔다. 그러나 그는 얼마 되지 않아 농촌의 흙냄새가 도시의 냄새보다 더 역하다는 사실을 알고는 다시 도시로 돌아가 버린다. 그의 귀경은 농촌의 삶은 자신이 그리던 것과는 정반대라는 사실의 인식 때문이었다. 이러한 양복쟁이의 모습을 통해서 작가는 당대 지식인들이 가지고 있는 농촌에 대해 막연한 동경이 사실은 지식인의 허위 의식이며, 결국 그 세계에서 그들이 살아갈 수 없음을 말하려고 한다. 양복쟁이는 농촌을 떠나면서 농촌의 흙냄새가 역겨워서 돌아간다고 말했지만, 사실은 농촌의 생활이 도시인들에게는 너무도 불편했기 때문이다. 1920년대가 한국 사회에서 농촌과 도시의 분화가 가속화되던 이른바 근대 성립기라는 점을 감안한다면 작가의 이러한 의도를 보다 분명하게 읽을 수 있을 것이다.

7 「붉은 산」의 마지막 장면에서 익호가 애국가를 부르며 죽은 장면은 무엇을 의미하는가?

Point 소설의 전반부에서 익호는 민중들의 삶에 '암종'의 역할밖에는 하지 못하지만, 송 첨지의 죽음을 계기로 민족주의자의 모습을 보여준다. 지주—소작인의 불평등한 관계 속에서 신음했던 마을 사람들의 복수를 위해 그는 지주의 집에 찾아가서 항의를 하다가 뭇매를 맞고 돌아와서 숨을 거두는데, 이러한 장면은 작가의 민족주의적 경향을 잘 나타낸다. 특히 죽음에 직면한 익호가 애국가를 들려달라는 유언을 남기고 숨을 거두는 장면에서 민족주의적 성향은 절정에 달한다.

8 「감자」에 등장하는 복녀의 삶을 비판적인 관점에서 고찰하고, 오늘날의 우리 사회에 나타나고 있는 문제점과 결부시켜 논하시오.

Point 복녀는 매춘을 통해 자신의 생계를 이어 간다. 복녀가 매춘에 나선 까닭은 단순히 자신이 가진 것이 몸뚱이밖에 없어서라기보다는 그 일로 돈을 버는 게 다른 일에 비해서 쉽기 때문이다. 경우는 다르지만 요즈음의 세태 역시 복녀의 경우와 크게 다르지 않은 듯하다. 왜냐하면 요즈음의 젊은 세대 역시 육체적인 노동보다는 단순한 서비스업 등에 종사하려 하기 때문이다. 인간의 삶에서 가장 중요한 것은 물질적인 부와 결과물이 아니라 땀흘려 일하는 가운데 하루하루 살아가는 그 과정 자체일 것이다.

9 「명문」의 종결부에서 작가가 하느님으로 하여금 주인공을 벌받게 하는데, 이러한 종결로 인해 작가가 의도는 바는 무엇인지에 관해서 논하시오.

*P*oint 작품의 종결부에서 작가가 하느님으로 하여금 주인공을 벌받게 한 것은, 이 세상에서 어떤 특정한 것을 위하여 다른 것을 희생시킬 수 없다는 질서를 저 세상의 것과 비추어 보이면서 덕과 질서가 얼마나 중요한가를 보여주기 위한 장치이다. 작가는 예수를 믿으면서 저지른 여러 가지 죄가 하늘 나라에서 어떻게 비추어지느냐의 일에 대하여, "여기도 법정이다"라는 하느님의 말과 같이 명문으로 된 질서의 중요함을 알린다. 작가는 비록 주인공이 아버지를 위하여 효도를 한다고 해도, 무리하게 돈을 번 것이나 어머니를 죽게 한 죄는 벌을 받아야 한다는 점을 보여주려 하고 있다.

10 「태형」에 등장하는 ‘감옥’이라는 배경은 ①자연주의적 관점과 ②사실주의적 관점에서 각각 어떤 의미를 갖는지 설명하시오.

*P*oint 　김동인의 자연주의는 대개 환경 결정론이라는 이론을 바탕으로 하고 있다. 특히 「태형」에서의 ‘감옥’이라는 공간은 인간의 도덕성마저 파멸시키는 열악한 환경으로 제시되었다. 주인공 ‘나’는 항일 운동을 하다가 피검된 진보적인 인물임에도 불구하고, 같은 방에 갇혀 있는 ‘영원 영감’에게 태형을 강요한다. 이 작품에서 ‘나’가 영감에게 태형을 강요하는 까닭은 그가 감방의 공간을 차지하기 때문에, 즉 그가 없어지면 공간이 조금이라도 늘어난다는 계산에 의한 것이다. 이러한 도덕의 타락을 통해 김동인은 환경이 어떻게 인간을 타락시키는가를 보여주는데, 이러한 경향이 그의 자연주의적 특성이라고 말할 수 있다.

　한편, 이 작품은 사실주의적 관점에서도 살펴볼 수 있다. 김동인의 작품 중에서 비교적 당대의 민족적 현실을 핍진하게 그려내고 있는 이 작품은 식민지의 불행한 현실을 적나라하게 보여준다. 특히 감금이라는 극한적 상황, 구타와 고문, 마실 물조차 없는 한계 상황은 바로 식민지의 현실을 비교적 사실적으로 보여준다. 따라서 이 작품을 사실주의적 관점에서 파악할 때, 감옥이라는 극한적 상황은 곧 일제 치하에서 신음하는 한반도를 상징한다고 볼 수도 있을 것이다.